DREAMBOOKS

DREAMBOOKS

DREAMBOOKS★

# 무위투쟁록

가우리 신무협 장편소설

ORIENTAL FANTASYSTORY & ADVENTURE

8

dream books
드림북스

# 무위투쟁록 8

초판 1쇄 인쇄 / 2014년 2월 28일
초판 1쇄 발행 / 2014년 3월 7일

지은이 / 가우리

발행인 / 오영배
책임편집 / 편집부
펴낸 곳 / (주)삼양출판사 · 드림북스

주소 / 서울특별시 강북구 솔샘로67길 92
대표 전화 / 02-980-2112 팩스 / 02-983-0660
편집부 전화 / 02-980-2116 팩스 / 02-983-8201
블로그 / blog.naver.com/dreambookss

등록번호 / 제9-00046호
등록일자 / 1999년 3월 11일



값 8,000원



ISBN 978-89-542-5505-9 (04810) / 978-89-542-5107-5 (세트)

* 지은이와 협의하에 인지는 생략합니다.
* 잘못된 책은 구입한 곳에서 바꾸어 드립니다.

이 도서의 국립중앙도서관 출판시도서목록(CIP)은 서지정보유통지원시스템홈페이지(http://seoji.nl.go.kr)와 국가자료공동목록시스템(http://www.nl.go.kr/kolisnet)에서 이용하실 수 있습니다. (CIP제어번호: 2014006833

가우리 신무협 장편소설
ORIENTAL FANTASYSTORY & ADVENTURE
8
dream
books
드림북스

# 목차


**第一章** 개싸움 • 007

**第二章** 장무위가 제일 좋아하는 행동은? • 031

**第三章** 작은 전쟁, 그 후…… • 057

**第四章** 난 지금을 살 뿐이다 • 083

**第五章** 장무위란 인간 • 107

**第六章** 기구한 인생 • 143

**第七章** 타오르는 전쟁의 불씨 • 169

**第八章** 오늘은 먹고 죽자 • 195

**第九章** 각자의 선택 • 221

**第十章** 이어지는 손님들 • 247

**第十一章** 송도진인의 방문 • 271

**第十二章** 정도맹주 위기일발! • 295

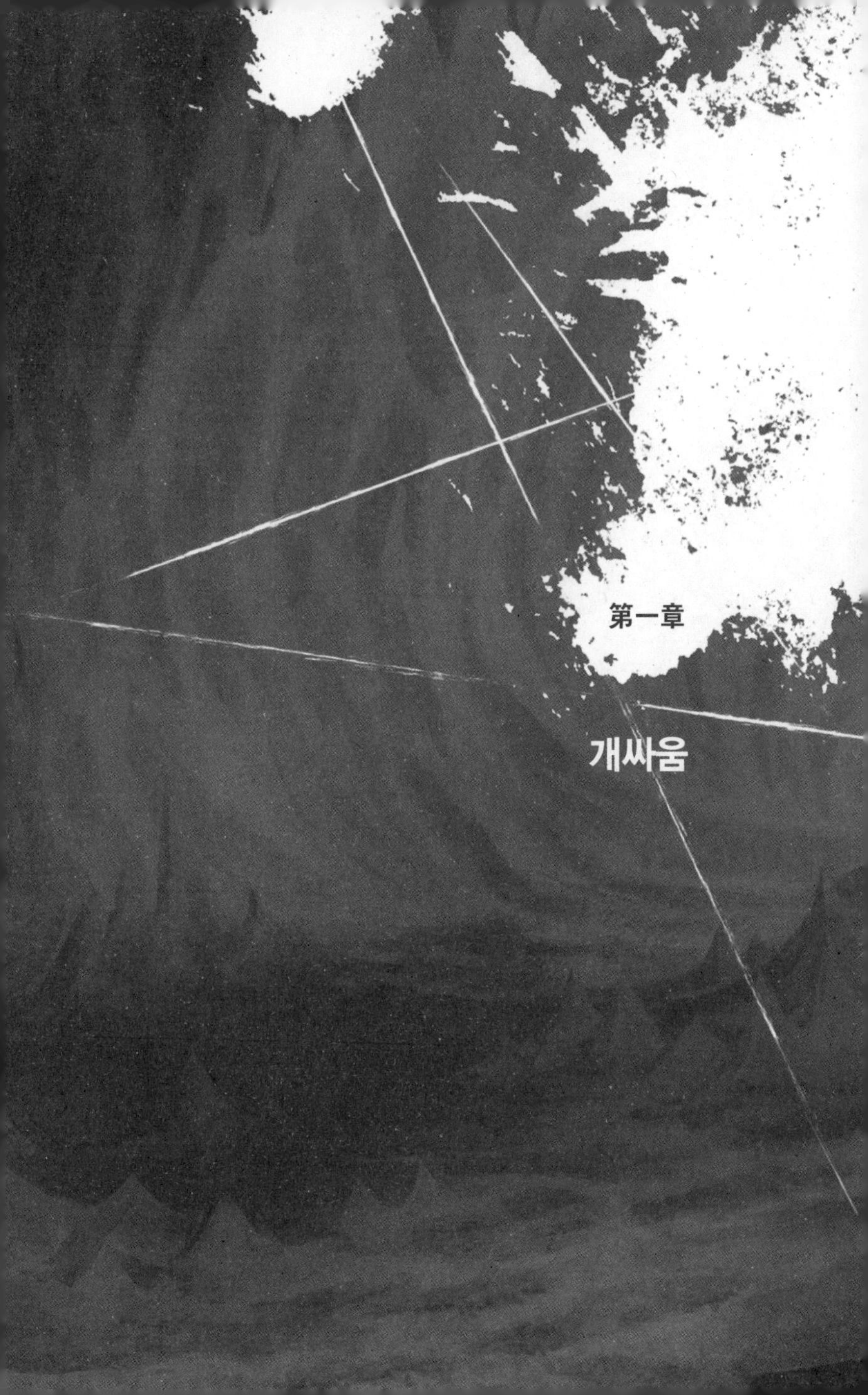

# 第一章

# 개싸움

푸욱!

"크으윽!"

현도의 검이 그를 상대하던 원로원 고수의 심장에 깊게 틀어박혔다.

"네놈, 실력을 숨겼……."

"어차피 그쪽에서는 내가 중요하다고 생각을 안 하는 듯해서 좀 감췄지."

그 덕에 현도에게는 원로원 고수 둘만이 남았고, 지금 그 두 명은 현도에 의해 마지막 숨을 몰아쉬고 있었다.

"누구냐…… 넌. 왜…… 군자 매화검 행세를……."

"그 질문 지겹다. 내가 바로 군자 매화검이다."

"거짓……."

"그러면 차라리 지나가던 개새끼한테 물려 죽었다고 생각하고, 그냥 죽어라."

"빌어먹……."

원로원 고수는 그대로 숨을 거두었다.

하지만 현도 역시 찜찜했다.

"왜 이래? 내가 군자 매화검이라니까."

인상을 찌푸린 현도가 한숨을 내뱉은 뒤 고개를 돌려 뒤를 바라보았다.

청 자 배 제자들과 검을 섞던 혈기들이 그를 불신의 눈으로 바라보고 있었다.

마치 '넌 현도가 아니야.' 라는 듯한 시선이었다.

"확 눈깔을 뽑아다가 개나 줄까 보다."

현도의 중얼거림에 혈기들은 자신들의 의문에 한층 더 뚜렷한 확신을 가지고 그를 바라보았다.

그중 누군가가 중얼거렸다.

"화산에 입에 걸레를 문 놈이 있었다니……."

"이 새끼!"

현도가 득달같이 달려가 청운과 칼을 섞고 있던 혈기의 등을 베어 버렸다. 그는 바로 방금 현도에게 걸레 운운했던 이였다.

"크억!"

"뭣들 하냐? 칼 들고 소꿉장난하냐!"

"아, 아닙니다, 사숙!"

"절대 아닙니다!"

청 자 배 제자들은 확실히 자신들의 사숙이 타락했다고 생각했다.

물론 그 원흉은 장무위였다.

"이쪽은 거의 끝났는데, 저긴……."

천천히 주변을 둘러보던 현도가 장무위가 있는 곳을 바라보았다. 그러고는 혀를 찼다.

"……저기야말로 전쟁터군."

현도의 눈에 칼을 가르고 마지막으로 남은 원로원 고수의 몸뚱이에 도끼를 박아 넣는 장무위의 모습이 들어왔다.

그 외에는 더 이상 두 발로 서 있는 이가 없었다.

이미 죽어 버린 시신들뿐이었다.

우직!

장무위가 휘두른 도끼가 원로원 고수의 어깨부터 시작하여 심장을 가르고 허리춤까지 내려왔다.

"마, 말도 안 돼……."

털썩.

상체가 쪼개진 그는 마지막으로 믿을 수 없다는 시선을 장무위에게 보내며 땅바닥에 몸을 뉘었다.

마지막까지 항거하던 원로원 소속 고수의 숨통마저 끊어 놓은 장무위가 주변을 바라보며 씁쓸하게 중얼거렸다.

"내가 봐도 말이 안 되긴 하지."

그의 주변에는 시체뿐이었다.

이런 참상을 하루 이틀 겪은 것은 아니지만, 그때와는 감회가 달랐다.

오늘 만들어진 이 참상은 오직 그 홀로 만들어 낸 것이기 때문이었다.

도끼에 묻은 피를 쓰러진 원로원 고수의 옷가지에 문질러 닦아 낸 그가 허탈한 음성을 뱉었다.

"내가 생각해도 난 괴물이 된 거 같네."

이렇게나 많은 이들을 죽이고도 아직 숨결 하나 거칠어지지 않은 것만 보아도 스스로가 괴물처럼 느껴지는 장무위였다.

장내의 전투는 소강상태로 접어들었다.

아니, 소강상태가 될 수밖에 없었다.

소요검선을 상대하던 이들은 질린 얼굴로 그를 바라보고 있었고, 현도를 상대하던 두 명의 원로원 고수도 조금 전

그에 의해 숨이 끊어졌다.

모든 상황이 정리되었다.

단 한 군데를 빼고는 말이다.

"크아앙!"

광혈마와 걸왕은 아직도 드잡이질 중이었다.

주변 상황에 대해 그다지 신경을 쓰지 않는 듯, 아니 신경 쓸 정신머리 자체가 없는 듯 광혈마는 온몸이 붉게 물든 채로 걸왕을 밀어붙이고 있었다.

그를 상대하는 걸왕은 지칠 대로 지치긴 했지만 그런대로 버티고 있었다.

"뭐, 알아서 싸우겠지."

순간 차마 도와 달라고는 말할 수 없는 걸왕이었지만 장무위에게 도움을 바라는 시선을 보내었다. 그러나 장무위는 그 시선을 과감히 무시했다.

그때 폭음이 울려왔다.

"뭘 자꾸 때려 부숴…… 응?"

다시 걸왕 쪽에서 뭔가 부서지는 소리가 울려왔다. 반사적으로 고개를 돌린 장무위의 눈이 휘둥그렇게 떠졌다.

"이런 잡노무 시키가!"

광혈마의 장력이 부서진 담벼락을 향해 날아가더니 그 안에 놓여 있던 장원의 장식품 중 하나를 박살 낸 것이었다.

얼핏 봐도 꽤 비싸 보이는 석상이었다.

그리고 보이는 대로, 꽤 비싸게 주고 산 석상이었다.

장무위의 신형이 사라졌다.

"빌어먹을! 날 외면하다니이이이!"

걸왕이 울분에 찬 외침을 터트렸다.

차마 직접적으로 말은 못 했지만 충분히 애원하는 시선을 장무위에게 보내었다. 그런데 장무위가 콧방귀를 뀌고는 고개를 돌려 버린 것이다.

그때 잠시 한눈을 판 사이에 광혈마가 장력을 날려 왔다.

"이크크!"

걸왕이 몸을 틀어 장력을 피했다. 그러자 그 장력이 그의 몸을 스쳐 지나가 장무위가 부쉈던 담벼락 안으로 빨려 들어갔다.

그리고…….

콰앙!

장무위가 아끼던 석상 하나가 박살이 났다.

"저거 꽤나 비싼 거라고 자랑하던 건데……."

걸왕이 히죽 웃었다.

인과응보라 생각한 것이었다.

그때였다.

터억!

"컥!"

갑자기 장무위가 나타나 걸왕의 멱살을 잡았다.

"왜, 날……."

왜 자신의 멱살을 잡는지 걸왕은 이해가 되지 않았다. 하지만 그 의문은 곧 장무위의 외침으로 해소가 되었다.

"왜 피해! 저거 비싼 거라고 했잖아!"

"쿨럭!"

걸왕은 애써 눌러놓았던 내상이 도지는 것을 느꼈다.

그때 광혈마가 괴성을 지르며 장무위에게 장력을 날렸다.

물론 장무위는 그의 공격을 피했다.

광혈마의 장력은 다시 장원 안쪽으로 날아갔다.

그리고…….

콰쾅!

장원의 건물 한 귀퉁이가 날아갔다.

"……."

"이, 이번은 내 탓이……."

"크아아악!"

장무위는 침묵했고 걸왕은 변명을 했으며 광혈마는 괴성

을 내질렀다.

순간 걸왕은 자신의 눈앞에서 장무위가 사라지는 것을 느꼈다. 장무위가 사라지자마자 그의 눈에 보인 것은 단단해 보이는 주먹이었다.

쩌억!

"커억!"

격타음과 동시에 걸왕의 입에서 비명이 터져 나왔다. 그 주먹이 걸왕의 눈탱이를 제대로 후려갈겼던 것이다.

"크아아!"

주먹의 주인은 바로 광혈마였다.

장무위를 노린 주먹이 그대로 걸왕을 두드린 것이다. 한쪽 눈을 부여잡은 걸왕의 귓가로 장무위의 음성이 스쳐 지나갔다.

"조금 있다가 계산하자꾸나."

"끄으……."

무언가 말을 하려던 걸왕의 귓가에 다시금 장무위의 목소리가 들려왔다.

"아들아."

"쿨럭!"

내상이 더욱 깊어짐을 느낀 걸왕이었다.

터억!

다시 달려들려던 광혈마는 무언가가 자신의 머리끄덩이를 잡는 것을 느꼈다. 그리고 동시에 머리가 뒤로 휙 당겨졌다.

우둑!

“크악!”

광혈마의 머리통에서 뭔가 뜯겨 나가는 소리가 울려 퍼졌다. 동시에 그의 몸이 빠르게 뒤로 날아갔다.

콰콰쾅!

광혈마는 자신의 몸이 잡목들을 부수고 틀어박혔다는 사실을 뒤늦게야 인지했다.

잡목을 내던지고 일어선 광혈마가 자신이 있던 위치를 바라보았다.

“어르신이 말씀하시는데 끼어드니?”

장무위가 손아귀에 잡힌 머리카락을 훅 불며 그를 바라보고 있었다.

“크아아!”

광혈마가 분노하여 장무위를 향해 몸을 날렸다.

장무위는 달려오는 광혈마에게 도끼를 휘둘렀다. 하지만 광혈마는 휘둘러 오는 도끼를 피하고 손가락을 갈고리처럼 만들어 그의 옆구리에 휘둘렀다.

찌직!

제법 매서운 공격이었지만, 장무위는 어렵지 않게 피해 냈다. 하지만 완벽히는 피할 수 없었는지 걸친 흑의가 찢어졌다.

"이 자식, 새 옷을!"

비록 혈기 중 하나가 입었던 옷이라도 아까 전리품으로 획득한 것은 맞았기에 새 옷은 새 옷이었다.

하지만 광혈마는 장무위가 성이 나든 말든 공격을 이어 갔다. 몸을 팽그르르 돌리며 양손을 휘감자 장무위의 온몸을 갈가리 찢기라도 하려는 듯이 날카로운 강기가 뿜어져 나갔다.

텅! 터텅!

날아오는 공격을 도끼로 막아 낸 장무위가 주먹을 휘둘렀다.

쩍!

제대로 맞았는지 마치 떡메로 떡을 후려갈기는 것 같은 찰진 소리가 울려 퍼졌다. 동시에 광혈마의 얼굴이 휙 돌아갔지만, 단지 그뿐이었다.

파앙!

"헛!"

장무위의 사타구니를 노린 발차기가 허공으로 솟구쳤다.

헛바람을 집어먹으며 가까스로 피한 장무위가 다시 발길질로 그의 옆구리를 가격했다.

우두둑!

제대로 맞았는지 갈비뼈가 부서지는 소리가 울려왔다. 그러나 이번에도 광혈마는 신음 하나 없이 버텼다.

아니, 오히려 옆구리에 틀어박힌 다리를 붙들었다.

“뭐야, 이 자식!”

장무위가 살짝 당황한 표정을 지었다.

광혈마는 마치 통증을 느끼지 못하는 것 같았다.

“그래, 어디 한번 버텨 봐라!”

다리를 붙들린 장무위가 양손을 휘둘렀다.

그러자 그의 주먹이 수십 수백 개의 잔상을 만들어 내며 광혈마의 온몸을 두들겼다.

퍼버버벅! 퍼퍽!

하지만 광혈마는 장무위의 주먹을 맞으면서도 다리를 놓지 않았다. 도리어 이빨을 드러내었다.

“크아아!”

장무위의 허벅지 안쪽을 물어뜯기 위해 파고든 것이다. 허벅지 안쪽은 대동맥이 지나는 곳으로 잘못하면 과다 출혈이 일어날 수 있는 위험한 위치였다.

그 모습을 본 걸왕이 당황하여 외쳤다.

"위, 위험해!"

그는 어디 한번 당해 보라는 심정으로 광혈마가 아픔을 느끼지 못한다는 사실을 장무위에게 알려 주지 않은 것을 후회했다.

까드드득!

마치 큼직한 호두 두 알을 한 손에 쥐고 뒤트는 것 같은 소리가 울려 퍼졌다.

"크…… 크아아아!"

이어서 광혈마의 입에서 비명이 터져 나왔다.

지금까지 괴성과 같은 소리만을 흘려 내던 광혈마의 입에서 처음으로 비명이라고 할 만한 소리가 울려 나온 것이다.

그 모습을 지켜보던 걸왕은 입을 떡 벌리고 어이없다는 시선을 보내고 있었다.

"저, 저 미친!"

걸왕뿐만이 아니었다.

소요검선과 현도 등은 물론이고 전마성의 일원들도 넋을 잃고 바라보았다.

청운이 멍한 얼굴로 중얼거렸다.

"대가릴 깨물다니……."

"어이으 깨무여오 해!(어디를 깨물려고 해!)"

장무위가 광혈마의 머리통을 입에 문 채 웅얼거렸다. 장무위에게 머리통을 물린 덕에 광혈마는 장무위의 허벅지를 깨물지 못했다.

아니, 그것은 둘째 치고 장무위가 물고 있는 부분에서 두개골이 부서지는 소리가 크게 울려왔다.

꽈득!

장무위의 이빨이 닫혔다. 동시에 장무위의 고개가 뒤쪽으로 확 돌아갔다.

완전히 물어뜯은 것이다.

"크아아!"

광혈마가 양손으로 머리를 감싸며 뒤로 주춤주춤 물러났다. 감싸 쥔 손가락 사이로 붉은 핏물이 배어 나오고 있었고, 그 사이로 얼핏 허연 것이 드러나 있었다.

"퉤이!"

장무위가 입안을 가득 채웠던 것을 뱉어 내자 핏물이 배인 머리카락과 뼛조각이 튀어나왔다.

이어서 괴로워하는 광혈마에게 달려간 장무위가 그대로 손바닥을 휘둘렀다.

쩌억!

"크아아!"

"시끄러!"

찍! 짜악! 짝!

연이어 손바닥을 휘두르자 광혈마의 얼굴이 좌우로 획획 돌아갔다.

손바닥으로 뺨을 후려갈긴 것이다.

지금껏 아무리 맞아도 달려들던 것과는 달리, 광혈마는 뺨을 얻어맞을 때마다 한 걸음씩 뒤로 물러서기 시작했다.

"빌어먹을 자식, 어디다 이빨을 들이대려고 해! 앙!"

장무위가 시뻘겋게 물든 이를 드러내며 으르렁거렸다. 하지만 광혈마도 계속 얻어맞지는 않겠다는 듯 양팔을 들어 휘둘러 오는 장무위의 손바닥을 막았다.

"어쭈, 막아?"

같잖다는 말을 내뱉었을 때에는 이미 장무위의 발이 광혈마의 낭심을 차올리고 있었다.

그러자 위기감을 느꼈는지 광혈마가 허리를 뒤로 쭉 빼면서 장무위의 발길질을 피했다. 하지만 장무위의 공격은 끝나지 않았다.

덥썩!

"크윽!"

허리를 뒤로 빼며 자세가 낮아진 광혈마의 머리끄덩이를 장무위가 양손으로 붙들며 확 잡아당겼다.

우둑! 콰직!

머리카락이 뜯기는 소리가 울려 퍼짐과 동시에 장무위의 무릎이 광혈마의 안면에 틀어박히는 소리가 터져 나왔다.

콰직! 콰직! 콰직!

광혈마의 머리끄덩이를 꽉 붙잡은 장무위가 양쪽 무릎으로 번갈아가며 연신 안면을 찍어 대었다.

광혈마가 안면을 보호하기 위해 양팔을 모았지만 장무위는 머리카락을 쥔 손을 더욱 단단히 그러쥐며 좌우로 흔들어 대기 시작했다.

"그래, 막아 봐라, 막아 봐!"

좌우로 상체가 휘청거리면서 공간이 빌 때마다 장무위의 무릎이 여지없이 안면으로 날아가 틀어박혔다.

심지어 위아래로 흔들며 막고 있는 팔 위까지 무릎으로 찍어 가기 시작했다.

쾅! 쾅! 쾅!

"막아! 그래, 막아! 막아 보라고!"

콰아앙! 우두두둑!

굉음과 동시에 광혈마의 얼굴이 위로 튕겨 올라갔다.

머리의 양쪽은 거죽까지 뜯긴 상태였고, 안면을 막았던 양팔은 부러졌는지 팔꿈치 아래가 덜렁거리고 있었다.

"끄으……."

안면이 부서진 광혈마가 신음을 흘리며 뒷걸음질을 치자 장무위가 따라붙었다.

장무위가 달려오는 것을 느낀 광혈마가 그의 낭심을 향해 발을 차올렸으나 허무하게 허공을 스치고 올라갔다.

장무위는 그것마저 놓치지 않았다.

허공으로 떠오른 발의 발목을 왼손으로 붙잡으며 오른 팔꿈치로 무릎을 내려찍었다.

콰직!

"크르륵!"

광혈마의 무릎이 둔탁한 소리와 함께 반대 방향으로 부러져 버렸다. 그 고통에 광혈마가 입을 쩍 벌리며 비명을 터트렸다. 하지만 이빨 여남은 개밖에 안 남은 앙상한 입 안에서는 핏물이 솟구치며 그르륵거리는 소리만 울려 나올 뿐이었다.

한 다리로 껑충거리며 어떻게든 물러서려는 광혈마의 다리 사이를 장무위가 조금 전의 공격을 되갚아 주려는 듯 걷어차 올렸다.

"어딜! 준 대로 받아 가야지!"

퍽!

장무위의 발이 틀어박히는 순간 광혈마가 몸을 새우처럼 푹 꺾었다. 그런 광혈마의 등으로 장무위의 발뒤꿈치가 내리 찍혔다.

쩌억!

강렬한 타격음과 동시에 광혈마의 몸뚱이가 바닥으로 처박혔다. 그 위로 다시 장무위의 발길질이 이어졌다.

차고 밟고 또 차고…….

이미 쓰러진 상대에게도 장무위는 가차 없이 공격을 가했다. 그러다가 분이 덜 풀렸는지 장무위가 그대로 광혈마의 위에 걸터앉더니 연신 주먹을 망치처럼 휘둘렀다.

쩌억! 쩍! 쩌억!

"크어어……."

장무위의 주먹이 안면을 두들길 때마다 간헐적인 신음이 흘러나왔다.

한 번 내리쳤다가 들어 올릴 때마다 사방으로 피가 튀었고, 장무위의 주먹은 피로 붉게 물들어 있었다.

그러기를 십수 번. 더 이상 광혈마는 비명을 흘리지 못했다.

두들겨도 아무런 움직임이 없었다.

그쯤이 되어서야 장무위가 손을 털며 천천히 몸을 일으켰다.

"뭐야, 벌써 끝이야? 이제야 손맛이 좀 오나 싶었는데."

장무위가 인상을 찌푸리며 투덜거렸다.

맞아 죽은 것이다.

장무위가 피가 뚝뚝 떨어지는 손가락을 들어 올려 소요검선과 대치 중인 인마와 지마를 차례로 가리켰다.

"다음은 늬들이다. 그치?"

"이……."

인마는 섬뜩한 기분을 느낄 수 있었다.

강자의 앞에서 느껴지는 압박감이라든지, 전장에서 흔히 뿌려지는 살기와는 전혀 다른 느낌이었다.

마치 온몸 위로 개미가 슬금슬금 기어 올라오는 듯한 느낌을 받은 것이다.

그리고…….

"이, 이런 빌어먹을!"

인마가 무기를 쥔 손을 들어 올렸다.

손이 사시나무 떨리듯 바르르 떨리고 있었다.

"뭐야, 이게!"

그 떨리는 손을 다른 손으로 붙잡았다. 하지만 떨림은 가라앉지 않았다.

공포란 단어가 머리가 아닌 그의 몸에 새겨진 탓이었다.

"개 같은 상황이군."

그의 귓가로 지마의 씁쓸한 음성이 들려왔다.

인마가 고개를 돌려 지마를 바라보았다. 지마 역시 그와 별반 다르지 않았다. 식은땀이 방울져 미간을 타고 흐르는 것이 눈에 보였다.

지마의 모습을 본 인마가 주변을 둘러보았다.

차라리 인마와 지마의 상태가 나았다.

원로원 고수들은 물론 그나마 남아 있던 혈기들은, 아직 소요검선이 검을 들고 서 있는데도 장무위에게서 시선을 떼지 못하고 있었다.

아니, 주춤거리며 뒷걸음질을 치는 이부터 시작해서 공포에 질린 얼굴로 주저앉는 이까지 있었다.

저벅저벅.

장무위가 천천히 다가오기 시작했다.

작은 발걸음 소리였지만, 그들에게는 천둥보다도 더 크게 들려왔다.

장무위가 얼굴에 튄 피를 손을 들어 닦았다.

하지만 손에 흥건히 묻은 피 때문에 오히려 얼굴이 더 붉게 물들어 버렸다.

장무위는 공포에 질린 전마성 인원들을 둘러보더니 히죽 웃으며 말했다.

"왜? 늬들도 대가리부터 씹어 주랴?"

웃고 있는 장무위의 이빨에는 아직도 붉은 피가 맺혀 있었다. 마치 사냥감을 뜯어먹은 맹수의 모습처럼 보였다. 그 원초적인 모습에 모두가 뒷걸음질을 치기 시작했다.

한 걸음 다가오면 한 걸음 물러섰다.

또 한 걸음을 내디디면 다시 한 걸음, 아니 두 걸음을 물러섰다.

소요검선은 검을 내리고 서 있었다.

조금 전까지 칼을 마주하던 이들이 자신에게는 시선조차 주지 않고 다가오는 장무위를 피해 한 걸음씩 물러서고 있었다.

지금이라면 그저 칼질 몇 번만으로도 쉽게 죽일 수 있어 보였다. 하지만 소요검선은 그리지 않았다.

그를 포위하던 이들이 마치 그를 없는 사람 취급하듯 그의 곁을 스쳐 지나갔다. 오로지 다가오고 있는 장무위만을 바라보면서.

한 걸음씩 다가가던 장무위가 발치에 있는 도끼를 천천히 집어 들었다.

"여기 뭐하러 온 거냐. 싸우러 온 거 아니었냐?"

도끼 손잡이를 그러쥔 장무위가 덤덤하게 질문을 던졌지

만, 아무도 대답을 하지 않았다. 그저 다가오는 장무위를 뚫어져라 바라볼 뿐이었다.

"물러서기만 하면 이거 끝이 안 나잖냐."

장무위가 도끼를 들어 올리며 다시 말했다.

"전쟁에는 끝이 있기 마련이란다. 다시 또 전쟁이 터질지라도 말이지."

도끼를 들어 올린 장무위가 천천히 발걸음을 빨리했다.

산책 나오듯 느긋하게 걷던 걸음이 이제는 천천히 뜀박질로 바뀌었다. 그리고 이내 달리기 시작했다.

그러자 물러만 서던 혈기들이 무언가에 홀린 듯 장무위를 향해 무기를 휘두르며 마주 달려 나가기 시작했다.

여태 지르지 않던 함성까지 지르며 말이다.

"으아아아아!"

"이야아악!"

그렇게 함성을 지르며 달려가는 혈기들은 악에 받친, 혹은 공포에 잠식된 표정들을 하고 있었다.

서로 달려들던 장무위와 혈기들이 만났다.

도끼가 휘둘러지고 혈기들의 무기가 사방으로 휘둘러졌다.

초식도 뭣도 없었다.

그저 본능에 따른 휘두름일 뿐이었다.

피가 튀고, 뼈가 잘렸다.

그 모습을 보며 걸왕이 중얼거렸다.

"부나방 같구나. 불길 속으로 뛰어드는 부나방……."

# 第二章

## 장무위가
## 제일 좋아하는 행동은?

더 이상 함성도 비명도 병장기가 부딪치는 소리도 없었다. 쓰러진 자들 사이에 홀로 남아 있는 이는 장무위였다.

피를 흠뻑 뒤집어쓴 그가 주변을 찬찬히 둘러보았다.

"이 꼬라지를 오랜만에 보는구나."

씁쓸한 음성이었다.

하지만 씁쓸한 목소리와는 달리 표정은 무미건조 그 자체였다. 누군가를 위해 슬퍼해 줄 생각도, 울어 줄 눈물도 없었다.

장무위가 고개를 돌려 인마와 지마들을 바라보았다.

남은 이라고는 인마와 지마 그리고 원로원 고수 몇 명뿐이었다.

현도 쪽에서 대치하던 이들은 이미 모두 제압된 상황이었다.

"자, 어쩔래?"

장무위의 질문을 받은 인마와 지마가 움찔거렸다. 대여섯 남은 원로원 고수들은 모두 인마와 지마를 바라보았다.

이미 결과는 나왔다.

걸왕과 소요검선이 제법 상처를 입었다지만, 아직 그들은 건재했다. 무엇보다 그들의 계획을 처참하게 박살 낸 장무위가 남아 있었다.

인마와 지마는 무어라 답하지 못했다.

산술적으로 계산을 해 봐도 저쪽은 화경의 고수 셋, 아니 하나는 화경이라 생각할 수 없을 정도의 괴물이었다.

그리고 이쪽은 화경이라 말할 수 있는 극마 초입의 고수 둘…….

지금 상황에서 장무위가 빠진다 해도 소요검선과 걸왕을 상대로 이길 수 있다고 할 수 없는 전력이었다.

이런 상황에서는 물러감이 옳다.

그때 장무위가 말했다.

"도망치려고? 그건 안 돼."

그들의 움직임을 읽기라도 한 듯 장무위가 못을 박았다.

그들이 아무런 결정을 내리지 못하고 있자 장무위가 고개를 설레설레 저으면서 다가오기 시작했다.

"결정이 내리기 힘들면 내가 내려 줄게."

걸어오면서 검 한 자루를 발끝으로 툭 쳐올렸다. 공중으로 떠오른 검을 한 손으로 낚아채며 장무위가 말을 이었다.

"취면개야, 이 상황에서 내가 제일 좋아하는 게 뭐냐?"

"사, 살인멸굽니다."

"그래. 그래도 네가 날 잘 아는구나."

새로 주운 검을 고쳐 쥔 장무위가 인마와 지마에게로 걸음을 옮기며 히죽 웃었다.

으득!

지마의 얼굴이 처참하게 구겨졌다.

"살인멸구라고?"

지금까지 살아오면서 살인멸구를 했으면 했지, 그 대상이 되어 본 적은 없었다.

그런데 지금 상대는 태연히 자신을 죽여 입을 닫게 만들겠다는 의지를 보이고 있었다.

"잠깐, 살인멸구라니? 이 일을 덮겠다는 의미인가!"

지마와는 달리 인마는 지금 장무위가 한 말의 의도를 살피려 했다.

인마의 질문에 장무위가 피식 웃으며 대답했다.

"걱정 마. 이 일뿐만이 아니라 늬들 무덤 위에 흙까지 친히 덮어 줄게."

"우리를 상대한 게 알려지면 그 위명이 자자할 터인데 살인멸구를 하겠다는 건가!"

"위명 자자 안 해도 돼. 난 속 편히 살고 싶어. 알아보니 늬들 대가리 수도 많더만. 저번에도 그랬듯이 이번에도 잘 처리하면 뒤는 걸왕이나 소요검선이 알아서 할 거야, 그치?"

"쿨럭. 해 보긴 해 보겠지만 이 일이 워낙에 큰일이라……."

걸왕이 조심스럽게 말하자. 장무위가 검을 들어 보이며 대꾸했다.

"걸왕 니가 쟤들 잡다가 동귀어진했다고 하면 말이 좀 맞겠냐?"

"……최대한 힘써 보지요."

걸왕은 살아남기 위해 일단 최선을 다한다는 말로 수습을 약속했다. 그러자 장무위가 피식 웃으며 다독였다.

"그래, 저번처럼 해. 너 위명 올라가고 좋잖아?"

"설마!"

장무위의 말에 인마가 눈을 부릅떴다.

이곳에서 일어난 사건 사고의 중심에는 항상 걸왕이 있

었다.

이전 싸락골 지부의 괴멸도 그랬고 왕곰파를 내세워 들어왔던 혈마단 부단주의 일도 그랬다.

세간에는 전부 개방이 처리한 것으로 알려져 있었다.

그런데 지금 이야기의 흐름을 보니 그 일들도 전부 장무위가 저지른 일이었던 모양이다.

"뭐가 설마야. 세상 편하게 살려면 가끔 덮기도 하고 모른 체도 하는 거지."

장무위가 히죽 웃으며 대꾸하자, 지마 역시 참담한 표정을 지우지 못했다.

"우리가 처음부터 계획을 잘못 세웠군."

인마의 입에서 씁쓸한 음성이 흘러나왔다. 그때 걸왕이 몸을 추스르며 입을 열었다.

"그 전에 하나 더 묻고 싶은 게 있는데. 조화검선의 비동, 네놈들 짓이냐?"

"그런 것 우리가 알 리가 없잖은가."

"뭐? 아, 그거? 쟤들이 한 거래?"

그때 장무위가 끼어들었다.

"그런 짓을 할 만한 단체라면 전마성밖에 없으니 말이오."

"쯧. 그래서 다들 그 난리 피며 날 찾아왔구만."

장무위가 혀를 차자 인마가 아연실색한 표정으로 그를 바라보았다.

"설마 그 일 역시 당신이 연관되어 있다는 말인가!"

"연관은 무슨, 쯧……. 거, 뭐 좋은 것도 별거 없는 걸 잔뜩 소문내 가지고. 뭐, 그 덕에 약도 좀 팔고, 돈도 벌고 했지만 말이야."

걸왕이 인마에게 비웃음을 지어 보이며 말했다.

"그 비동의 주인이 바로 이 양반이라는 건 몰랐나 보지?"

"그, 그럼 조화검신의 후인……."

인마가 입을 떡 벌리며 장무위를 바라보았다. 하지만 장무위는 인상을 찌푸리며 투덜거렸다.

"후인 좋아하네. 그 작자 이야기 꺼내지도 마. 생고생한 거 생각하면…… 아직도 치가 떨리니까."

인마는 장무위만 한 고수가 갑자기 튀어나온 이유를 이제야 알 것 같았다. 전마성은 그저 장무위를 어디선가 갑자기 나타난 정사지간의 인물로 받아들이고 있었다.

물론 인마가 보기에도 장무위는 정파인이라고 생각하기 어려운 부분이 많았다. 하지만, 전마성에 득이 되는 이가 아니라는 것 또한 알 수 있었다.

약도 팔고 운운하던 내용에 대해서도 자세히 언급은 없

었지만 걸리는 부분이 있었다.

혼란을 조장하려던 순간에 나타난 기연 사냥꾼이라는 존재.

그를 쫓던 혈마단 일 개 조의 몰살.

'그러고 보니…….'

아까 옷이 없어졌다고 시체에서 자연스럽게 옷을 벗겨 내 입는 장면과 더불어 혈마단이 알몸으로 발견되었다는 보고가 묘하게 겹쳐졌다.

아직도 설마 하는 마음은 있었지만, 그의 행동거지를 보면 설마가 아니었다.

충분히 그러고도 남을 괴팍함을 가지고 있었다.

[알려야 하지 않겠는가?]

지마의 전음이 울려왔다.

그 역시 장무위란 존재가 생각 이상의 걸림돌이 되리라는 점을 인식하고 있었던 것이다.

[알리긴 해야지.]

[일시에 다른 방향으로 움직이는 것은 어떤가.]

지마의 전음에 인마가 조심스럽게 주변을 살폈다. 원로원 소속 고수들이 무언가 결정한 듯 고개를 끄덕이며 그에게 묵직한 시선을 보내 주었다.

"어이없게 되었군."

인마가 씁쓸한 음성을 흘리며 장무위를 바라보았다.

그와 동시에 지마와 원로원 고수들이 조금씩 자세를 갖춰 가기 시작했다. 일단 결정은 내려졌고, 인마는 그 실행을 위한 시간을 끌 생각이었다.

"나는 전마성 원로원에서 나온 인마라고……."

뻐억!

콰콰콰쾅!

인마의 말이 채 끝나기도 전에 무언가 날아와 그의 안면을 강타했다. 동시에 인마가 뒤로 나자빠지며 땅거죽을 파고들었다.

장무위였다.

"닥쳐, 인마! 네놈 인마인 거 아까 알았어!"

"이, 인마!"

느닷없는 선공에 지마가 당황한 음성을 내뱉었다.

"뭐해! 구경하냐? 눈치 보면 딱 모르겠냐? 이 새끼들 튀려 하잖아!"

장무위의 외침에 걸왕과 소요검선 등이 재빨리 퇴로를 점했다.

"쿨럭! 어찌 말을 하는 도중에……."

인마가 구덩이에서 몸을 일으키면서 입을 열었다. 하지만 장무위의 대응이 곧바로 이어졌다.

"몰라? 싸움은 선빵이야!"

차앙!

"크윽!"

인마는 다급히 일어서며 검을 막았다. 하지만 그의 복부를 장무위가 걷어차 날렸다.

"커억!"

복부를 차여 뒷걸음질 치는 인마를 향해 장무위가 외쳤다.

"구경할래? 내가 나중에 뒤통수 후려갈겨 줄까!"

"그, 그게 무슨……."

장무위의 외침에 인마가 얼굴을 일그러트리며 입을 열었다.

쩌억!

"커억!"

말이 채 끝나기도 전에 뒤통수 쪽에 느껴지는 강렬한 타격감에 인마는 정신이 혼미해지는 것을 느꼈다. 그런 그의 귓가로 익숙한 음성이 울려왔다.

"역시 후려갈기는 데에는 타구봉법이지."

'거, 걸왕…….'

걸왕이 인마의 뒤통수를 후려갈겼던 것이다.

이어 장무위는 몸을 날려 곧장 지마에게로 달려갔다.

"이럴 수가!"

"뭐가 이럴 수가야!"

장무위의 검이 지마를 향해 뿌려졌다. 그러자 지마가 이를 악물고 장무위가 뿌려 온 검을 일일이 쳐 내면서 막아내었다.

"놈! 더 이상 기습은 통하지 않는다!"

말을 하다가 당한 인마와는 달리 지마는 장무위에게 집중한 채 그의 공격을 차분히 막아 갔다. 그때 장무위가 지마의 어깨너머를 바라보며 아까와 같이 외쳤다.

"등덜미를 확 쪼개 버려!"

"이익! 비겁한!"

지마가 황급히 몸을 돌리며 장을 날렸다. 하지만 그가 장을 날린 곳에는 아무도 존재하지 않았다. 순간 등덜미가 화끈해졌다.

서걱!

"그걸 믿냐?"

"크억!"

속았다는 것을 알아차린 지마가 몸을 틀었지만 장무위의 검이 한발 빨랐다. 등이 길게 그어지면서 피가 솟구쳤다.

"이런 비겁한!"

"함정 판 놈들이 꼭 이런 소리 한다니까."

"이이!"

또다시 지마를 향해 장무위의 공격이 이어졌다. 하지만 이미 등에 상처를 입어서인지 막는 것보다 온몸에 상처가 늘어나는 게 더 빨랐다.

"크으으으!"

"막아 봐! 막아 보라고!"

삽시간에 크고 작은 상처들이 생겨나면서 지마의 전신이 혈인이라 불러도 무방할 만큼 붉게 물들었다.

지마는 점점 늘어나는 장무위의 검영들을 바라보면서 새하얗게 질려 갔다.

'대체 어디까지!'

가랑비에 옷 젖는다는 말처럼 수많은 검격에 온몸의 피부가 너덜거리기 시작했고, 팔을 휘두를 때마다 피가 솟구쳤다.

"크아아! 날 놀리는 거냐! 제대로 하란 말이다!"

계속해서 작은 상처만 만들어 내는 장무위의 행동에 지마는 울분을 터트렸다.

마치 자신을 가지고 노는 것 같은 기분이 들었기 때문이었다.

다음 순간, 모든 검들의 잔영이 갑자기 사라졌다.

동시에 그 검들이 하나로 뭉쳤다.

하늘로 치켜 올린 검 하나. 그리고 그것을 양손으로 쥔 장무위.

그가 다시 말했다.

"원하는 대로 해 줄게."

"크윽!"

"자, 막아 봐."

장무위의 음성과 함께 한 줄기 빛이 지마를 향해 떨어져 내렸다.

콰앙!

장무위의 검이 땅거죽을 두들겼다.

굉음과 함께 깊게 파인 땅바닥 위에 지마가 자신의 도를 머리 위로 들어 올린 채 얼굴을 일그러트리고 있었다.

"빌어먹을 일이군……. 이 한 번을 막지 못하다니."

지마가 일그러진 얼굴로 한탄을 흘려 내었다. 그리고 동시에 '탱' 하는 맑은 소리와 함께 그가 들어 올린 도의 절반이 떨어져 내렸다.

땡그랑.

"그러게. 하도 자신 있어 하기에 난 막을 줄 알았지."

장무위가 땅에 박힌 검을 뽑아내며 대꾸했다. 그러다가 바닥에 떨어진 잘려 나간 도신을 보며 입맛을 다셨다.

"쯧. 비싸 보여서 온전하게 가지고 싶었는데."

아쉬움 가득한 목소리에 지마의 눈이 부릅떠졌다. 그러고 보니 자신에게 검을 휘두를 때 무기와 부딪치더라도 왠지 힘을 빼고 부딪쳐 왔던 기분이 들었다.

그저 자신을 우롱하기 위해서라 생각했었다. 그런데 지금 장무위의 말을 들어 보니 그게 아니었다.

장무위는 도가 비싸 보인다고 말했다.

"……네놈."

지마가 '설마 아니겠지.' 하는 시선으로 장무위를 바라보았다. 하지만 장무위는 바닥에 떨어진 잘린 도신을 매우 아깝다는 표정으로 바라보고 있었다.

자신에게는 눈길조차 주지 않으면서 말이다.

"개 같은!"

지마가 푸르르 떨며 장무위에게 저주의 눈빛을 퍼부었다. 물론 장무위는 아직까지도 그를 바라보지 않고 있었다.

"야, 이 개…… 크륵!"

그에 더 분노한 지마가 말을 이어가려는 순간, 피거품이 입 밖으로 부글거리며 튀어나왔다.

이어서 붉은 실금이 미간에서부터 사타구니까지 이어져 내렸다.

울컥하고 피를 뱉어 낸 지마가 저주 어린 눈빛으로 장무위를 노려보며 다시 말을 이었다.

"개 같은 놈. 더러운 승냥이 같은 짓을 하다니! 나 같은 마도도 하지 않을 짓을 하다니!"

그러자 비로소 장무위가 시선을 끌어 올려 지마를 바라보았다.

그의 독기 서린 음성과 시선을 마주하며 장무위는 무덤덤한 표정으로 입을 열었다.

"늬들 잣대에 날 끼우지 마."

이어서 자신을 바라보는 시선들을 일일이 마주치며 다시 말을 이었다.

"강호고 나발이고 간에 난 전쟁을 한 거다."

장무위가 분명히 선을 그었다. 그러고선 손가락을 두 개 펴 보이며 다시 말했다.

"전쟁터에서 거두는 건 두 가지야."

모두가 지켜보는 가운데 장무위가 바닥에 떨어진 도의 절반을 발끝으로 차올려 집어 들었다.

"하나는 전리품. 그리고 다른 하나는……."

말끝을 흐린 장무위가 내력으로 몸이 갈라지고 있는 지마를 향해 발을 내질렀다.

"장무위이이이이!"

장무위의 행동에 지마에게서 저주에 가까운 비명이 터져 나왔다. 하지만 이내 장무위의 발이 몸에 적중하면서, 간신히 버티고 있던 몸이 세로로 두 쪽이 나며 더 이상 저주의 말도 생각도 할 수가 없게 되었다.

쩍 벌어진 몸뚱이가 좌우로 튕겨 나가며 그 안의 것들이 쏟아져 나왔다.

지마라는 극마의 고수치고는 참혹한 최후였다.

경지에 오른 자에게 보내는 경의나 호의 따윈 눈곱만큼도 없는 장무위의 행동에 분노한 인마가 파르르 몸을 떨었다. 심지어 소요검선이나 걸왕 역시 적응이 되지 않는다는 시선을 보냈다.

더운 피를 쏟아 내는 지마의 시신을 흘깃 바라본 장무위가 잠시 끊었던 말을 이었다.

"다른 하나는 생명이다. 이 짓에 고귀함을 따지는 네놈들이 복에 겨운 거다."

장무위의 표정은 아무런 변화가 없었다.

마치 감정의 한 조각이 없는 사람과 같았다.

그가 인마와 남은 전마성 원로원 고수들을 향해 천천히 걸음을 옮기며 질문을 던졌다.

"하나 묻자. 늬들은 왜 이 짓을 하냐?"

"그걸 몰라서 묻는가? 패권을 쥐기 위해서다! 마도천하를 위한 투쟁이다!"

"그래. 그래서 죽고 죽이는 거겠지. 그런데 그건 다 각자 생각이 달라. 다 다른데 딱 하나는 같아. 그게 뭔지 아냐? 뭔가를 얻기 위해 전쟁을 한다는 거야."

"그것을 누가 모르는가!"

"아니 다행이다. 난 여기서 패권이고 나발이고 안 가질란다."

탱그랑.

장무위가 지마의 반 토막 난 도의 윗부분을 던지며 말을 이었다.

"죽은 놈 무기 주워다 팔고 주머니를 뒤져서 돈도 챙길 거다."

"치졸한 놈!"

인마가 부르르 떨며 외쳤다.

"그래, 난 치졸해. 그렇게 살았다."

"크윽!"

"또 알려 줄게. 옷도 홀랑 벗기고 신발도 벗길 거다. 아! 네놈들 시신은 잘 태워 줄게. 썩은 시체가 주변에 있으면 꼭 병나더라."

이어지는 장무위의 말에 인마뿐 아니라 원로원 고수들의 얼굴에도 분노가 서렸다.

"왜 늬들이 열 받냐? 어차피 이긴 놈 원하는 대로 가는 거야. 늬들이 이겼으면 패권 어쩌구에 한 걸음 다가갔을 거잖아. 난 내가 이겼으니까 내 목적대로 털어 가는 거야."

뻔뻔하기 그지없는 장무위의 말에 인마가 이를 갈며 물었다.

"네놈은 그 실력을 가지고 웅심도 없느냐."

"없어. 웅심이니 패권은 네놈 같은 놈들이……."

장무위가 옆에 엎어져 있는 혈기의 시신을 툭툭 걷어차며 말을 이었다.

"……이런 애들 목숨값으로 챙기는 거잖냐. 난 내 목숨값으로 전리품이나 챙기련다. 나 같은 졸병들은 그게 행복이고 전부다. 뭘 더 바라겠냐."

"그게 무슨 궤변이냐!"

"궤변은 무슨. 소박하게 챙기겠다는 거지."

장무위의 이죽거림에 인마가 푸르르 떨며 외쳤다.

"강호 무림에 살며 어찌 그런 말도 안 되는 이야기를 한단 말이냐!"

"웃기고 나자빠졌다. 이 강호란 거 누굴 위한 강호인데? 결국 이 바닥도 마찬가지야. 대의를 위해 떠들어 대지만 결국 가지는 놈은 윗대가리잖아. 아랫놈들이야 위세 업고 거들먹거리거나, 가끔 이겼다고 술 사 주고 여자 사 주면 세상이라도 다 얻은 것처럼 취해 사는 게지."

"이익!"

말이 통하지 않는다는 표정을 짓는 인마와 전마성 고수들에게 장무위가 다시금 검을 들어 올렸다.

"그러니 곱게 죽어라. 나 같은 놈은 패권이니 웅심이니 필요 없으니까 말이다."

장무위가 쏘아져 나갔다.

콰콰쾅!

장무위의 검이 사납게 몰아쳐 갔다.

어느새 전투는 장무위와 전마성만의 것으로 변했다. 소요검선과 걸왕 그리고 현도 일행은 방관자가 되었다.

"우리 아니면 이해할 수 없는 말뿐인데요."

청운이 씁쓰레한 입맛을 느끼며 말했다.

"그렇구나."

현도 역시 씁쓸한 미소를 베어 물었다. 그러자 소요검선이 너털웃음을 흘리며 말을 받았다.

"허허, 누군들 이해할 수 있겠느냐. 저 친구를…… 아니, 저 삶을 모르는데."

바닥에 주저앉은 걸왕이 장무위를 바라보며 씁쓸한 음성을 흘렸다.

"웅심이라……. 패권이라……."

고개를 내저은 걸왕이 죽어 쓰러진 전마성 무사들을 바

라보며 말을 이었다.

"등 떠밀려 전쟁터에 끌려간 이들이 그게 무슨 상관이겠는가. 정(正)이니 마(魔)니 하면서 아웅다웅해 봐야 결국 패권을 말하고 웅심을 말하는 것은 윗대가리들뿐인데."

쓰디쓰게 느껴지는 걸왕의 중얼거림에 취면개는 한없이 공감하고 있었다.

싸락골의 거지들은 정파로서의 마음가짐도 희생정신도 없었다.

그저 나고 자란 곳에서 개방이란 울타리에 들어와 시키는 일을 하며 하루하루 보낼 뿐이었다. 심지어 자신이나 분타주 역시 그날그날 평안하게 보내면 그만이었다.

가끔 고기나 술을 먹으면 좋은 날이었다.

강호인이지만 강호와 거리가 먼 세상에 살고 있었던 그들이었다.

그래서 더…….

공감이 갔다.

이 강호는 누굴 위한 강호인가.

승리에 도취된다 한들 남는 게 무엇인가.

장무위의 말대로 아랫놈들은 한 잔 술과 한 줌의 돈이 남을 뿐이다.

아니면 그의 말대로 거들먹거리거나…….

이러한 취면개의 허탈함을 느꼈는지 걸왕이 입을 열었다.

"아서라. 저런 생각을 할 수 있는 것도, 또 저런 행동을 할 수 있는 것도 강하기 때문에 할 수 있는 것이란다."

"압니다. 그래서 왠지 부럽습니다."

취면개의 대답에 걸왕이 픽하니 웃으며 대답했다.

"그래……. 지금은 나도 부럽구나. 이제는 내 이름조차 무겁게 느껴지는구나."

걸왕이라는 이름에 어울리지 않는 쓸쓸한 음성이었다. 그러자 분위기를 바꾸어 보려는 듯 청운이 입을 열었다.

"에이, 그래도 어르신께서는 좋지 않습니까?"

"뭐가 말이냐?"

청운의 말에 걸왕이 뭔 소리냐는 듯 그를 바라보았다. 그러자 청운이 맑은 미소를 보이며 대답했다.

"저런 아버지를 두셨잖습니까."

"……."

순간 걸왕의 얼굴이 딱딱하게 굳었다. 동시에 청수와 청풍이 안타까운 목소리를 흘렸으며, 현도는 외면했다.

"아……."

"이런……."

"큼."

"아, 그냥 편한 마음 가지시라고……."

순간 싸늘해진 분위기에 청운이 당황하기 시작했다. 하지만 그 누구도 그를 위해 변명을 해 주지 않았다.

현도마저도…….

"저 인간이랑 같이 놀아 주다 보니 네놈이 드디어 미쳤구나."

"아……."

폭풍처럼 몰아쳐 오는 살기에 청운의 시선이 쉴 새 없이 흔들렸다.

"그, 그게……."

조금 전까지 축 늘어져 있던 걸왕의 몸에 언제 돌아왔는지 활력이 넘치기 시작했다.

"난 강호가 좋다."

우둑, 두둑!

잠시 휴식에 빠져 있던 근육들이 이완되며 살 떨리는 기음을 만들어 내었다.

"이 얼마나 좋냐. 강자존. 천둥벌거숭이 같은 놈들을 벌하기에 딱 좋지. 족보대로 줄도 세우고 말이야."

"히익!"

청운이 물러서며 현도를 바라보았다.

그러자 현도가 말했다.

"아마 본산에서 알면 바로 파문일 거다."

"커억!"

개방의 존장에게 농지거리를 던지다니…… 파문이 문제가 아니었다.

"사제 부모님께는 내가 말해 주지."

"사형, 그동안 즐거웠습니다."

청수와 청풍이 그동안의 연을 간단히 끊어 버렸다. 청운이 털썩 주저앉았다.

그때 그를 구한 것은 다름 아니라 인마였다.

"크아아악!"

정확히는 인마의 비명이었다.

퍼버버버벅!

"크아아아악!"

장무위의 주먹이 인마의 온몸을 두들기고 있었다.

인마는 피를 토하고 있었고, 주변에는 더 이상 서 있는 이가 없었다. 하나 도주하려던 이가 있었는지 장무위가 던진 검에 뒤통수가 꿰여 담벼락에 매달려 있을 뿐이었다.

"크아아!"

인마가 괴성을 지르며 솟구쳐 올랐다.

그러고는 온몸의 내력을 장무위를 향해 쏘아 보내었다.

지금까지 실컷 두들겨 맞고 있던 이가 쏘아 보냈다고 생각할 수 없는 강력한 검강이었다.

"동귀어진의 수로군……."

소요검선이 담담하게 입을 열었다.

최후의 한 수임을 말하듯 검강을 쏘아 보내는 인마의 얼굴은 허옇게 변하고 있었다. 그 하얀 얼굴은 점차 일그러져 갔다.

자신이 쏘아 보낸 검강을 부수고 솟구쳐 오르는 장무위의 모습을 보았기 때문이었다.

어떤 신묘한 기술이 아니었다.

더 강한 내력을 바탕으로 뚫고 올라온 것이다.

마치 한 마리 용과 같이 말이다.

콰드드득!

장무위의 주먹이 가슴팍 한가운데에 꽂혔다.

가슴이 부서지는 소리와 함께 그의 등이 꼽추처럼 불쑥 올라왔다.

그의 가슴에 주먹을 박아 넣은 장무위가 불쌍하다는 시선을 보내며 말했다.

"결국 네놈도, 저기 쓰러져 죽은 녀석들과 별다를 게 없다. 불쌍한 거지. 죽으면 개똥만도 못한 건데……."

아까까지만 해도 이해할 수 없었던 말이 왠지 지금은 귀에 오래도록 여운이 남는 듯했다. 꺼져 가는 그의 시선 속에 오랜 지기였던 지마의 시신이 눈에 들어왔다.

씁쓸했다.

마도천하.

숨이 끊어지는 이 순간 평생의 꿈이 허무하게 부스러지는 것을 느꼈다.

# 第三章

# 작은 전쟁, 그 후……

"이게 뭔 사달이래?"

"그러게. 갑자기 사람이 죽어 나가고."

싸락골 개방 분타에 몰려온 사람들이 죽어 나간 거지들을 보며 웅성거리고 있었다. 거지라지만 다들 조금씩은 안면이 있었던 탓에 모두 안타까움을 금치 못하고 있었다.

"몰랐어? 이 친구들 개방도들이잖아."

"알기는 알았지만…… 말이 개방도지, 이 친구들이 다른 거지들과 별반 다를 게 없었잖은가."

"그건 그렇지."

"흐어어엉!"

마침 분타에 없었던 덕에 목숨을 부지할 수 있었던 개방도 몇이 서럽게 통곡했다.

그러던 중 모여 있던 사람들이 좌우로 갈라지면서 혈인이라 해도 과언이 아닌 상태의 사람들이 싸락골 분타로 들어왔다.

그들은 바로 분타주인 광개와 취면개 그리고 걸왕이었다. 광개의 얼굴을 알아본 사람들이 웅성거렸다.

"어이쿠, 왕초는 그래도 변을 피했나 봐?"

"그래도 꽤 상처가 심한데?"

"살아 있는 게 어디야."

사람들의 웅성거림 속에서 등장한 광개가 분타에 널려 있는 시신들을 보고는 이를 악물었다.

"어허엉! 분타주님!"

광개와 취면개를 발견한 거지들이 목 놓아 울며 달려왔다.

"몇이나 살았냐."

"어허어엉!"

"우리 셋이 전부입니다요. 옆 마을에 정기 연락을 위해 간 쌍개 녀석이 문제없다면 달랑 넷만 살아남은 거지요. 크흑!"

소리 높여 울부짖는 거지들 중 그나마 제정신을 차린 거지 하나가 보고를 했지만 그도 역시 차오르는 울분을 참을 수는 없었다.

"개 같은……."

취면개가 주먹을 말아 쥐며 이를 악물었다.

아까 혈기들이 개방도들을 처리했다는 둥 말했지만, 그래도 혹시나 싶었던 취면개였다. 일말의 희망은 가졌던 것이다.

하지만, 현실은 비정했다.

서른 명에 달하는 인원 중 광개와 취면개를 포함하여 겨우 여섯 명만 살아남은 것이다.

"허어."

걸왕의 입에서 탄식이 흘렀다.

그의 눈에 거지 하나가 고기를 꼭 쥔 채로 눈물을 흘리며 죽어 있는 모습이 가슴 아프게 박혀 들어왔다.

마치 자신의 탓인 양 참담한 표정으로 고개를 저은 걸왕이 살아남은 거지들의 등을 두들겨 주면서 말했다.

"일단 수습이나 하자꾸나."

"크흐흐!"

"예…… 태상장로님."

걸왕의 명에 광개와 취면개가 움직였다.

그들도 자잘한 부상이 많은 상태였지만, 지금은 그런 상처가 문제가 아니라는 듯 이리저리 죽어 나자빠진 시신들을 바삐 수습해 나가기 시작했다.

그때 뒤늦게 도착한 장무위가 안으로 들어섰다.

"쯧……."

죽어 나간 거지들을 보며 장무위가 짧게 혀를 찼다. 익숙한 얼굴들이 싸늘한 시체로 화한 경험이 없는 것도 아니었다.

하지만 장무위는 멀거니 서서 회한이 서린 시선으로 거지들의 시신들을 바라보고 있었다.

그곳에서 장무위는 거지들과 함께한 지난날을 보았고, 구걸해 온 밥을 함께 나눠 먹었던 기억을 보았으며, 이제는 함께하지 못할 동료들을 향해 흘리는 살아남은 자들의 눈물을 보았다.

"이 꼴을 다시 볼 줄이야……."

담담하지만 더없이 착 가라앉은 목소리가 흘러나왔다.

무겁고 무거운 음색이었다.

"익숙한 장면이지 않소?"

걸왕이 다가와 씁쓸한 음성을 뱉었다.

"징그럽게 익숙하지."

"그렇구려. 나 또한 익숙하다고 생각한 광경이지만 이런 일을 볼 때마다 착잡하우."

"……."

걸왕의 말에 장무위는 대답이 없었다.

그저 멀거니 바라만 볼 뿐이었다.

그렇게 말없이 바라보던 장무위가 고개를 돌려 뒤를 돌아보았다.

모여든 사람들이 눈에 들어왔다.

그 속에서 누군가를 찾는 듯 장무위는 이리저리 고개를 돌렸다. 그러다 그의 시선이 멈춘 곳에는 싸락골에서 장의사를 하고 있는 노인이 서 있었다.

"곽 영감."

"왜 그러는가, 무위장주."

"사람 불러다가 얘들 좀 포장해 줘."

장무위가 가리킨 곳에는 거지들의 시신이 있었다. 그러자 곽 영감이 떨떠름한 표정으로 되물었다.

"거지들을 말인가?"

"돈은 내가 내지."

장무위가 돈을 낸다고 하자 곽 영감의 표정이 밝아졌다.

"아이쿠, 무위장주가 그리한다면야……."

"최고로 해 줘."

"최고로…… 말인가?"

거지들을 장사 지내 준다는 것도 모자라 최고로 해 주라는 말에 곽 영감이 귀를 의심하듯 되물었다. 그러자 장무위가 고개를 끄덕이며 거지들의 시신을 바라보았다.

"뭐, 날 때부터 거지일 수도 있겠지만, 갈 때는 평생 못 입던 거 잘 입혀서 보내 줘야지."

장무위의 말에 곽 영감이 조심스럽게 말했다.

"돈이 좀 들 텐데……."

"술 처먹고 계집질할 때만 쓰려고 번 돈인가. 이럴 때도 써야지."

"그, 그럼 내 최고로 준비하지!"

장무위의 확답에 곽 영감이 호언장담했다.

"그리고 하나 더."

그의 맘이 바뀌기 전에 달려가려던 곽 영감을 장무위가 다시 불러 세웠다.

"무언가?"

"장원으로 사람 좀 보내."

"장원으로 말인가?"

"그래."

"어떤 사람이 필요한 겐가?"

곽 영감이 궁금한 표정으로 묻자 장무위가 서늘한 시선으로 입을 열었다.

"태워 버려야 할 쓰레기가 좀 많아서."

"그, 혹시…… 사, 사람인가?"

장무위의 말에 곽 영감이 조심스럽게 되묻자 장무위가 그를 바라보며 말했다.

"사람이긴. 그냥 쓰레기지."

장무위의 대답에 곽 영감이 살짝 움츠러들며 대답했다.

"아, 알겠……습니다요."

장무위에게 평소대로 하대를 하던 곽 영감의 입에서 존대가 튀어나왔다. 지금의 분위기가 그렇게 만들었다.

곽 영감이 사람들을 모으러 가자, 광개가 다가와 고개를 숙이며 말했다.

"감사합니다, 어르신."

"해 봐야 뭐해. 어차피 죽은 다음인데……. 살아야 감사한 거지."

그렇게 한마디 남긴 장무위가 고개를 돌려 걸왕을 바라보았다.

"걸왕."

"왜 그러오."

걸왕이 조심스럽게 묻자 장무위가 말했다.

"앞장서."

"어딜……."

"이 동네 현령이란 새끼, 낯짝 좀 보자."

장무위가 으르렁거리며 말하자 걸왕이 고개를 끄덕였다. 그 역시 싸락골 현령과 나누어야 할 말이 많다는 것을 알고 있었다.

아무리 관과 무림이 침범치 않는다지만, 이렇게 요란한 일이 벌어짐에도 병사들 코빼기 하나 보이지 않는다는 것은 뭔가 있다는 뜻이다.

걸왕과 장무위가 싸락골에 있는 현청으로 걸음을 옮겨갔다.

"크, 큰일입니다!"

정원을 거닐던 현령이 황급히 달려오는 병사를 보며 인상을 찌푸렸다.

"뭐가 큰일인데 이리 호들갑이더냐."

"무, 무위장주가 오고 있습니다!"

무위장주라는 말에 현령이 흠칫하더니 확인이라도 하듯 질문을 던졌다.

"호, 혼자더냐?"

"거지 노인과 함께 오고 있습니다."

"으음."

거지 노인과 함께 온다는 말에 현령은 잠시 신음을 흘리더니 손짓을 하며 말했다.

"크음. 볼일 없으니 가라 하거라."

"그, 그래도 되겠습니까?"

살짝 걱정은 되었다.

한때 아들과 무관주들의 부탁으로 장무위의 무위관을 폐쇄시켰다가, 이후 동네 흑도의 압박과 개방 분타주의 언질 때문에 풀어 주었던 적이 있었다.

이후의 소문 역시 그도 들어서 알지만, 두려워할 필요는 없다고 생각했다.

"안 되면? 관에 패악질이라도 한다더냐!"

현령이 인상을 찌푸리며 버럭 소리를 질렀다.

콰앙!

그때 정원의 문이 터져나가는 소리가 울리며 비꼬는 목소리가 이어졌다.

"패악질 좀 해 볼까? 앙!"

문을 박살 내고 들어선 이는 바로 장무위였다. 그리고 그 뒤로 걸왕이 따라 들어왔다.

일순 찔끔했지만, 이전 장무위와의 기억을 떠올린 현령이 오히려 버럭 소리를 질렀다.

"가, 감히 관을 침범하려 드느냐! 네놈이 북방으로 끌려가 전장을 전전해야 정신을 차리겠더냐!"

이전에도 이 한마디에 장무위가 꼬리를 말았다고 들었

다. 그래서 한동안 그가 북방의 전장에서 도망쳐 온 도망병일지도 모른다는 소문이 돌기도 했다.

하지만 반응은 차가웠다.

"너……."

"너, 너라니!"

"죽을래?"

"가, 감히……."

현령이 막 나가는 장무위를 향해 무어라 말을 이으려 했지만 입이 떨어지지 않았다. 장무위를 중심으로 퍼져 나가는 살기가 그의 말문을 막아 버린 것이다.

장무위가 숨 막힐 듯한 살기를 뿌려 대며, 천천히 현령에게 다가왔다.

저벅, 저벅, 저벅.

"히, 히익!"

장무위의 발걸음 소리가 그 어느 때보다도 크게 울려왔다. 땅을 내딛는 소리에 마치 심장이 뒤흔들리는 것 같은 기분이 들었다.

털썩!

떨어지지 않는 발을 억지로 떼려다가 엉덩방아를 찧은 현령이 바로 앞까지 다가온 장무위의 발을 떨리는 시선으로 바라보았다.

그의 앞에 장무위가 쪼그리고 앉았다.

현령은 차마 그와 시선을 마주치지 못하고 고개를 떨어트릴 뿐이었다.

'추, 춥다!'

더운 여름인데도 피부가 오돌도돌 일어날 정도의 한기가 느껴졌다.

터억.

장무위의 손바닥이 현령의 머리 위에 얹혔다.

"허억!"

식은땀이 관자놀이를 타고 줄줄줄 흘러내렸다. 그리고 동시에 정수리 위에 놓인 장무위의 손아귀가 머리끄덩이를 잡는 것이 느껴졌다.

장무위가 천천히 현령의 머리를 그러쥐었다.

그리고 또 천천히 머리끄덩이를 당겨 현령의 고개를 끌어 올렸다.

현령의 시선이 쪼그리고 앉아 있던 장무위의 무릎을 지나 가슴, 턱 그리고 코를 거쳐 마침내 그의 눈과 마주하게 되었다.

현령은 마주한 장무위의 눈동자 속에서 마치 심령이 빨려 들어갈 것 같은 공허함을 보았다.

이어서 그 공허함 속에 지옥불과 같이 거칠게 타오르는

난폭함도 보았다.

숨이 멎을 것 같은 시간이 흐르고 있었다.

그렇게 잠시 시선을 마주치고 있던 장무위가 천천히 얼굴을 가까이 들이대었다.

현령은 도망칠 수 없었다.

그렇게 강하게 잡히지는 않았지만, 그가 움켜쥔 머리를 조금도 움직일 수 없었던 것이다.

마치 맹수의 손에 잡힌 초식동물이 아무런 항거를 하지 못하는 것과 같았다.

코끝이 닿을락 말락 한 위치까지 얼굴을 들이댄 장무위가 현령의 눈을 똑바로 보며 물었다.

"내가 우습지?"

장무위의 질문에 현령은 고개를 젓고 싶었다. 아니라고 말하고 싶었다. 하지만 머리는 장무위의 손에 잡힌 것 때문인지 돌아가지 않았고, 입술은 아교라도 붙인 것처럼 떨어지지 않았다.

"오늘 죽인 놈들만 백이 넘는데 거기에 몇 더한들 문제가 될까?"

"아으……."

"오늘 장원에서 죽어 나간 놈들 여기에 몇십 정도만 대충 뿌려 놓고, 여기 있는 놈들 싹 죽이면 뭐라 생각할까?"

그렇게 말하며 장무위가 천천히 고개를 돌렸다.

그곳에는 아까 현령에게 장무위가 온다고 알렸던 병사가 얼어붙은 채 서 있었다.

주르르륵.

장무위와 눈이 마주치는 순간 병사의 바지춤이 젖어 들었다.

실금을 한 것이다.

그런 병사를 바라보며 장무위가 처음으로 미소를 지었다.

"아마 그러면 싸우다 다 뒈진 걸로 알 거야, 안 그래?"

장무위가 동의를 구하듯 걸왕을 바라보았다.

"그렇게 만들 수야 있소. 개방은 그럴 힘이 있으니까 말이오."

걸왕이 담담하게 대답했다.

하지만 그 역시 분노하고 있음을 알 수 있었다.

"그렇지? 개방의 태상장로가 그렇다면 그런 걸 거야."

장무위의 말에 현령의 눈이 휘둥그렇게 떠졌다.

아무리 그가 관에 소속되어 있다지만 개방의 걸왕을 모르지는 않았다.

'개자식들! 걸왕을 노린 것이라면 그렇다고 이야기를 할 것이지!'

실제로 전마성에게 뒷돈을 받았다. 어떠한 소란이 일더라도 묵인해 달라는……. 하지만 단지 돈을 받았기 때문에 입을 다문 게 아니었다.

위에서도 비슷한 명령이 내려왔던 것이다.

강호인의 조짐이 좋지 않으니 무슨 일이 벌어지더라도 무시하라고 말이다.

그쯤 되자 현령은 편한 마음으로 돈을 받을 수 있었다.

명령도 떨어졌겠다, 두둑하게 돈도 챙길 수 있는 기회를 마다할 그가 아니었기 때문이었다.

그런데 걸왕이 이곳에 있다니…….

무엇보다 눈앞의 장무위와 걸왕의 대화를 들어 보니 걸왕이 그에게 존대를 하는 것 같지 않은가?

현령의 얼굴이 시커멓게 죽었다.

다시 장무위의 시선이 현령에게로 향했다.

탁! 탁! 탁!

장무위가 머리를 움켜쥐고 있던 손을 펴서 현령의 정수리를 천천히 두드렸다. 마치 어른이 아이에게 말 잘 들으라고 타이르는 것처럼 두드리고 있었다.

"내가 전쟁이 무서워서 이럴까?"

"아, 아닙니……."

입이 잘 떨어지지 않았다.

그의 눈은 전쟁을 두려워하는 눈이 아니었다.

"전쟁이 싫어. 지겨워. 시체들 사이에서 끼니 때우는 것도 싫고, 아침에 농지거리 던지던 놈이 저녁엔 죽어 나자빠져 있는 꼬라지도 싫고, 고향에 토끼 같은 새끼들이 있다며 자랑하던 놈이 똥 싸지르며 죽어 있는 꼴 보기도 싫어."

"흐으으!"

덜덜덜 전신이 떨려 왔다.

그렇게 말하면서도 장무위는 현령의 머리통을 천천히, 아주 천천히 두들기고 있었다.

"어차피 힘도 있겠다, 두려울 거 없어. 아까 말한 것처럼 꾸미지 않고 싹 다 죽이고 뜨면 그만이야. 관? 군?"

터억!

장무위의 손이 현령의 정수리 위에서 멈췄다.

현령을 똑바로 보며 장무위가 말했다.

"황제 새끼도 안 무서워. 덤비면 그 새끼까지 죽이고 다른 나라로 뜨면 그만이야."

"어흐흐흐흐……."

현령은 울었다. 황제에 대한 반역이라 질책할 마음도 없었다.

그저 지금 이 순간을 벗어나고 싶을 뿐이었다.

쏴아아아! 뿌직뿌직!

눈물이 터져 나오자 온몸의 근육이 풀렸는지 똥이고 오줌이고 마구 지리기 시작했다. 그러면서도 쉴 새 없이 부들거렸다.

장무위의 손이 정수리를 떠나 그의 턱을 살짝 잡았다. 벌벌 떨리던 볼이 그의 손아귀에 사로잡혀 잠시 떨림을 멈추었다.

"자, 어쩔래. 아는 것 토해 내고 그냥 이대로 살아갈래, 아니면……."

장무위의 손아귀에 살짝 힘이 들어갔다. 볼이 패이고 주둥이가 마치 붕어처럼 튀어나왔다.

장무위가 잠시 흐렸던 말을 이었다.

"다 죽을래."

장무위는 뒷짐을 지고 있었고, 뒤쪽에선 현령이 걸왕에게 아는 것을 모두 토해 내고 있었다. 그는 필사적이었다.

쥐어짜고 쥐어짜서 그가 기억하고 있는 것들을 죄 쏟아 내었다.

잠시 후, 걸왕이 뒷짐을 지고 있는 장무위에게 다가와 입을 열었다.

"조금 일이 복잡해질 것 같소."

"복잡할 거 있나."

"무슨……."

장무위가 뒷짐을 풀고 천천히 걸음을 옮기며 말했다.

"적이다 싶으면 죽이는 거지. 다른 건 없어. 그저 적이 누군지만 알면 되는 거야."

그렇게 말을 남긴 장무위가 걸음을 옮겨 나갔다. 그런 장무위의 뒷모습을 보며 걸왕이 한숨을 쉬었다.

"건드리지 말아야 할 괴물을 건드렸구나……."

장무위가 걸어가는 주변이 마치 전쟁터의 폐허처럼 느껴지는 걸왕의 독백이었다.

*　　*　　*

"우웁!"

"웨엑!"

"이, 이게 뭐다냐!"

곽 영감의 부름에 일을 하러 온 인부들이 무위장 주변에 만들어진 참상을 보며 토악질을 해 댔다.

곽 영감의 일이 그렇듯 별의별 시체들을 겪은 인부들이었지만, 지금 눈앞의 광경은 그야말로 지옥이었다.

어디 하나 말끔한 시체가 없었다.

팔다리가 잘려 나간 시체는 차라리 깔끔했다.

갈가리 찢겨 나가거나 뭉개지고 터져 나간 시체들이 부지기수였다.

사람이었던 흔적 일부만 겨우 남은 시체들도 허다했다. 그 참상에 누구 하나 섣불리 다가서지 못하고 있었다.

그런 인부들에게 광저가 해쓱한 모습으로 다가와 입을 열었다.

"어이, 그러다 날 새겠어! 어서 치워야지!"

"이, 이게 무슨 난리인가?"

평소 광저와 친분이 있던 중년 사내가 물어왔다. 광저는 그의 질문에 인상을 찌푸리며 대답했다.

"뭐긴, 개쌍놈들이지. 감히 여기가 어디라고 기어들어와서 앵겨! 앵기긴!"

광저의 거친 언사에 인부들은 두려운 표정으로 고개를 끄덕였다.

"어서 치우자고. 이대로 썩으면 대가리 아파지니까."

광저가 인부들을 끌고 시신들을 향해 걸음을 옮겼다.

'다, 다 죽었다!'

인부들 사이에 끼어 온 은월 칠 조장은 즐비하게 누워 있는 시체들을 흔들리는 시선으로 바라보았다. 이곳에 혈기대 전체의 절반에 해당되는 전력이 왔다.

게다가 원로원의 고수들도 상당수 있었다.

그중에는 외부에 알려지지는 않았지만 극마경에 오른 고수도 셋이나 있었다.

그런데 일이 실패한 것이다.

장무위와 걸왕이 내려왔을 때 뭔가 잘못되었다는 것을 눈치채고 변장을 해서 이곳까지 왔지만, 설마하니 이렇게까지 처참하게 당했으리라고는 상상도 하지 못했던 것이다.

은월 칠 조장은 이리저리 시신을 치우며 눈을 돌렸다. 그러다 세로로 두 쪽이 난 시신을 보며 얼어붙었다.

'지마님!'

얼마나 원통했는지 두 눈을 부릅뜨고 죽어 있었다. 반으로 나뉘어 있었지만 지마를 못 알아볼 리는 없었다.

그뿐이 아니었다.

'이, 인마님까지…….'

가슴이 박살 난 채로 엎어져 있는 인마의 얼굴마저 확인되자, 은월 칠 조장은 넋이 나갈 수밖에 없었다.

넋이 나가 있는 은월 칠 조장을 깨운 것은 다른 인부 중 하나였다.

"아, 뭐해! 빨리 움직이지 않고!"

"아……. 아, 예. 예."

"쯧, 시체 처음 보나. 이 친구 누가 데려왔어!"

중년의 인부가 인상을 찌푸리며 외치자 또 다른 인부가 대꾸했다.

"막말로 이런 시체가 어디 흔해? 나도 구역질 올라오는 걸 겨우 참는데."

"끙, 하긴 그렇지."

그때 또 누군가가 토악질을 했다.

"웨엑!"

"이놈아! 시체 위에다 토하면 어떻게 해!"

"웨에엑!"

다그쳐도 소용없었다.

그때 광저가 다시 외쳤다.

"멀쩡한 옷은 다 벗겨서 이쪽으로 던지고! 혹여 돈 될 만한 거 챙기면 알지!"

"오, 옷도 벗긴단 말이오?"

"당연하지 다 태워 버릴 건데 옷이 뭔 필요야!"

"허, 참……."

광저의 외침에 은월 칠 조장이 한쪽을 바라보니, 병장기들은 벌써 다 수거를 했는지 한데 고스란히 쌓여 있었다. 그리고 그 밖에 돈이 될 만한 것들 역시 옆에 잘 쌓여 있었는데, 그것은 이전 막가파 일원이었던 패거리들이 안으로 나르고 있었다.

하나둘 벗겨지는 시신들을 보며 은월 칠 조장은 얼굴을 굳혔다.

'아무리 적이라지만 옷까지 다 벗겨 가다니…… 무위장주의 명이겠지?'

걸왕이나 소요검선이 행할 일은 아니었다. 그렇다고 화산의 현도가 이런 일을 시켰을 리도 없었다.

그렇다면 남는 것은 무위장주인 장무위였다.

그가 아는 장무위라면 이런 짓을 하고도 남을 인간이었다. 그때 시키는 대로 옷을 벗겨 가던 은월 칠 조장의 몸이 멈칫했다.

'이거 뭔가…….'

갑자기 뭔가 기억이 날 듯 말 듯했다.

그러다 벼락이라도 맞은 듯 그가 몸을 떨었다.

'혀, 혈마단 십육 조!'

기연 사냥꾼을 쫓다가 알몸으로 발견됐다던 혈마단 십육 조의 이야기가 갑자기 떠올랐다.

강호에선 그런 일이 드물었기에 별일 다 있다고 흘려들었던 기억이 있었다.

그런데 지금 펼쳐지는 광경이 그때와 같았다.

'설마…….'

단순한 우연으로 치부하기에는 일반적인 강호의 법칙과 달라도 너무 달랐다. 이런 일은 정, 사, 마 어디에서도 하지 않는 짓이다.

심지어 산적들도 하지 않는 짓이다.

"어이, 거기!"

"아, 예! 예!"

그때 광저가 은월 칠 조장을 불렀다.

고개를 숙이고 달려간 은월 칠 조장을 그가 어디론가 이끌며 말했다.

"넌 이 안쪽을 좀 치워야겠다."

"아, 예."

광저를 따라 무너진 담장 안으로 들어간 은월 칠 조장은 거기서 다시 한 번 경악했다.

"쯧, 뭐해. 이것도 치워야지."

"아, 아…… 예! 예!"

"쓰읍. 이뻤는데 장주 형님도 하필이면 머리를 박살 내실 건 뭐람."

광저가 투덜거리고 있는 대상은 머리가 없는 여인의 시신이었다.

벌거벗은 몸 옆에는 벗어 던진 옷가지들이 쌓여 있었다. 값비싼 패물과 고급 비단으로 만들어진 옷.

그의 기억에 있는 옷과 패물이었다.

'화, 환요궁주님 마저…….'

바로 환요궁주의 시신이었다.

비록 머리는 없었지만, 옷과 패물만으로도 알 수 있었던 것이다.

묵묵히 시신의 발목을 잡아끄는 은월 칠 조장의 눈에는 믿을 수 없다는 불신감이 가득했다.

그는 최악의 상황을 떠올렸다.

'설마 다 죽었단 말인가……. 이곳에서.'

복잡하기 그지없는 은월 칠 조장의 마음이었다.

그날 밤, 싸락골에서 전서구 한 마리가 날아올랐다.

第四章

# 난 지금을 살 뿐이다

불길이 일었다.

메케한 연기가 하늘로 치솟고 있었다.

살이 타고, 뼈가 타는 동안 장무위는 그 모습을 멀거니 지켜보고 있었다.

"정말 이래도 되는 겁니까요?"

광저가 물었다. 그는 불안을 감추지 못했다. 막우 역시 착잡한 표정을 짓고 있었다. 막가파로 있을 때 죽어 나간 사람과는 단위 자체가 달랐다.

"그럼 일일이 묻어 줄래?"

장무위가 한쪽 눈썹을 치켜 올리며 묻자 광저가 한 걸음 물러서며 말했다.

"에이, 그런 말이 아니잖습니까."

"그럼?"

광저의 말에 장무위가 그를 물끄러미 바라보며 되물었다. 그러자 막우가 끼어들어 대신 대화를 이어나갔다.

"관에서 나올지도 모릅니다."

"거긴 벌써 다녀왔다."

"잘 구슬리셨습니까?"

"잘 구슬리니까 똥오줌 지리더라."

"……."

장무위의 말에 막우는 입을 다물었다.

'어떻게 잘 구슬리면 똥오줌을 다 싼답니까!'라고 항변할 마음도 없었다.

장무위는 장난스럽게 내뱉은 말이지만 막우는 눈앞의 참상을 두고 장난으로 받아들일 자신이 없었기 때문이었다.

"무, 문제는 없겠습니까?"

장무위의 말에 광저가 사색이 된 표정으로 물었다. 비록 관에도 끈이 있고 그간 주고받은 게 있어 나름대로 방귀깨나 뀔 수 있는 처지였지만, 그것과 현령을 똥오줌 지리게 만드는 것은 또 다른 문제였다.

"있으면 저기 시체 몇 개 더 채워 넣는 거지."

"쿨럭!"

장무위의 태연한 답변에 광저는 사레라도 걸린 듯 쿨럭거렸다. 막우 역시 얼굴 표정이 좋을 수는 없었다.

하지만, 장무위가 막 나간 이상 관도 쉽게 어쩌지 못할 것이라는 정도만 예상할 뿐이었다.

그때 한 무리의 군사들이 무위장을 향해 몰려 올라오는 게 눈에 띄었다.

"오, 오메!"

그 모습을 본 광저의 얼굴이 시커멓게 변했다.

여기서 장무위가 저들을 다 죽여도 문제, 아니어도 문제라는 생각이 들었기 때문이었다.

그때 병사들 사이에서 한 명이 나서더니 장무위 앞에 도착해 허리를 팍 숙였다.

"장주님!"

"아까 정원에서 본 친구네?"

장무위가 알은체를 하자 병사들을 이끌고 왔던 이가 식은땀을 줄줄 흘리며 대답했다.

"예, 옙!"

"왜 왔어? 저기서 몸 좀 불살라 보려고?"

장무위가 시체들이 타고 있는 구덩이를 향해 턱짓을 하자 그의 표정이 대번에 하얗게 질려 버렸다.

"저, 절대 아닙니다!"

"그럼 왜 왔어? 애들은 잔뜩 끌고?"

장무위가 못마땅한 표정으로 병사들을 바라보자 그들을 이 끌고 온 사내가 재빨리 입을 열었다.

"현령께서 장주 어르신이 일 처리하는 데 성심성의껏 도우라는 명을 내리셨습니다! 절대 다른 의미는 없습니다."

"그래? 그럼 성심성의껏 도우면 되겠네. 광저야."

"예, 장주 형님!"

장무위의 부름에 광저가 화들짝 놀라며 자세를 바로 했다. 그러자 장무위가 그를 보며 말했다.

"저거 다 타면 얘들 데리고 가서 구덩이 좀 메워라."

"알겠습니다!"

광저가 허리를 팍 숙이며 대답하자 장무위가 사내를 바라보고 물었다.

"얘 좀 도와줄 거지?"

"걱정 마십시오! 이쪽은 깔끔하게 처리하겠습니다!"

"그래. 되도록 깔끔했으면 좋겠어. 내가 현청을 안 가는 게 너네도 좋잖냐? 그치?"

장무위의 직설적인 발언에 사내는 쉽사리 대답을 하지 못했다. 뭔가 또 꼬투리를 잡힐 만한 빌미를 주어서는 안 된다는 강박관념 때문이었다.

"아, 그, 그건……."

"맘에 없는 말은 할 필요 없고. 되도록 우리 보지 말고 살자. 알았지?"

"예!"

장무위가 재차 말하자 그제야 사내가 힘차게 대답을 했다. 그야말로 바라던 바였기 때문이었다.

"아참! 뭐 필요한 거 있으면 광저 보낼 거니까 이번 기회에 좀 친해지고."

"……알겠습니다. 거, 걱정 마십시오."

순간 이 인연이 이번으로 끝이 나는 게 아니고 앞으로도 이어질지 모른다는 생각에 사내는 다시 풀이 죽은 모습으로 광저를 따라 걸음을 옮겼다.

그 모습을 보며 장무위는 만족스러운 표정을 지었다.

"뭐, 이번 기회에 관이랑 친해지면 좋겠지."

장무위는 친해진다는 의미를 다르게 해석하고 만족했다.

"저도 그럼……."

"넌 어딜 가냐?"

"예?"

막우도 광저를 따라가려 하자 장무위가 그를 막았다.

"넌 나랑 안쪽 정리해야지."

"아, 예."

"안에 박살 난 거 손해가 얼만지도 봐야 하고, 담벼락도 다시 세워야 하는데…… 젠장."

"알겠습니다."

막우가 고개를 숙여 대답했다. 그런데 장무위가 갑자기 멈춰 서더니 중얼거렸다.

"몸을 움직여서 그런가?"

"왜 그러십니까?"

"배고파."

"아, 예."

힘없는 표정을 지은 장무위가 타오르는 연기 쪽을 바라보더니 중얼거렸다.

"고기 타는 냄새 때문인가? 고기가 먹고 싶네."

"……."

사람 타는 냄새 때문에 고기가 먹고 싶다는 발언을 서슴없이 하는 장무위를 보며 막우는 해쓱해진 표정을 지었다.

"뭐라도 먹자. 산 놈은 먹어야지. 송화도 없으니 내려가서 고기라도 한 덩어리 사 와라. 좀 구워 먹자꾸나."

"알겠습니다."

"아! 그건 애들 시키고, 기왕이면 안쪽에 오늘 고생한 애들한테도 물어봐."

"예."

막우는 아무도 먹지 않을 것이라고 확신했다.

"별로 고민도 없이 태워 버리는군요."

타오르는 연기를 바라보던 청운이 씁쓸하게 말을 내뱉자 청수가 고개를 내저으며 대답했다.

"아까 주머니 털고 옷까지 벗겨 내는 것 보고 경악했다. 죽어도 그게 무슨 망신인지……."

"그러게 말입니다."

청풍도 청수의 말에 동의하는지 고개를 끄덕였다. 하지만 그런 장무위의 행동에 무어라 딴지를 거는 이는 아무도 없었다.

아니, 그럴 생각조차 못 했다.

전마성 무리들을 상대로 보여 준 그 무지막지함을 떠올려 보면 당연한 일이기도 했다.

"당연한 일이다. 이젠 익숙해져야 하지 않겠느냐?"

"예?"

현도의 말에 청 자 배 제자들은 일제히 그를 바라보았다. 그 중 청수가 눈을 휘둥그렇게 뜨며 물었다.

"정마대전 때도 저랬습니까?"

"옷까지 다 벗겨 가는 건 아니지만, 딱히 다르다고 할 수도 없구나."

"그, 그렇습니까?"

"그래. 강호 간의 다툼이라지만, 다 사람 사는 곳 아니더냐. 전투가 끝나고 돈이 될 만한 것을 챙기고 하는 게 없진 않지."

"어, 어찌……."

현도의 말에 청수는 물론 청운과 청풍조차 놀란 표정을 지었다.

"물론 우리가 그런 일을 하지는 않지. 속가라든지 고용한 낭인들의 몫이지."

"아, 그렇군요."

"어차피 그들에게 돌아가는 것은 그런 것뿐이니 말이다. 장…… 장주께서 말한 대로, 윗대가리는 승리의 기쁨과 큰 과실을 가져가고 나머지 이름 모를 이들은 칼받이를 한 대가로 이런 것들을 거두는 것이 현실이다."

현도의 말에 청 자 배 제자들은 고개를 숙였다.

그들은 전쟁을 겪어 본 이들이 아니었다. 하지만 반대로 현도는 정마대전을 조금이나마 겪어 본 이었다.

그런 그의 말이면 틀리지 않을 것이다.

"그렇게 따지면 장 장주님의 행동은 그리 어긋난 게 아니다. 그는 강호의 전쟁을 한 것이 아니라 자신이 알고 있는 전쟁을 한 것이고, 스스로 거둘 것을 거두는 것이니 말이다."

"예."

현도의 대답에 청 자 배 제자들은 고개를 끄덕였다.

"어느 정도는 이해할 때도 되지 않았느냐?"

현도의 질문에 청 자 배 제자들은 다시 한 번 고개를 끄덕였다.

장무위란 인간에 대해 어쩌면 그들만큼 잘 아는 이들도 없을 것이다. 적어도 지금 그들은 전우이지 않은가.

"그리 생각하면 별것도 아니군요."

"맞습니다. 지금까지 한 걸 생각하면 새로울 것도 없습니다."

"이번 경험이 앞으로 있을 정마대전에 큰 자양분이 될 것 같습니다."

"그래. 그리 생각하면 된다."

현도는 미소를 지으며 청 자 배 제자들을 보았다. 어쩌면 이번 싸락골행에서 가장 수혜를 받은 것은 바로 이 세 명일지도 모른다는 생각이 들었다.

작은 기연보다도 이러한 안계(眼界)를 넓히는 것이 더 도움이 된다고 생각했다.

그때 막우의 목소리가 들려왔다.

"다들 괜찮으십니까!"

"왔는가?"

"예."

"그래, 무위장의 인원들은 피해가 없는가?"

현도의 질문에 막우가 머쓱한 표정으로 뒷머리를 긁으며 대답했다.

“저희야 장주님께서 파 논 토끼 굴을 통해 일찌감치 피한 터라…….”

“그러면 다행이지. 그런데 무슨 일인가?”

“장주님께서…….”

막우가 머뭇거리며 말끝을 흐리자 현도가 재차 질문했다.

“뭔가. 말하게나.”

현도의 재촉에 막우가 어정쩡한 미소를 지으며 대답했다.

“시장하실 터이니 식사들 하시자고…….”

막우의 말에 현도가 고개를 끄덕였다.

전투가 끝나고 긴장이 풀리니 허기가 지는 것도 당연했다.

“허기가 지긴 하는군.”

현도가 담담하게 고개를 끄덕이며 대답하자 막우가 어색한 표정으로 대답했다.

“그러면 장주님께서 고기를 구울 테니 늦지 않게 어서 오시랍니다.”

“…….”

순간 현도와 제자들은 말문을 닫았다.

그리고 그들의 시선이 약속이라도 한 듯 일제히 막우를 바라보았다. 마치 무슨 헛소리를 지껄이느냐는 질문을 하는 듯했다. 그러자 막우가 주춤거리며 변명했다.

"그, 그게, 고기 냄새 때문에 고기가 드시고 싶다고 하셔서……. 저는 시키는 대로 전한 겁니다!"

"웨에엑!"

"우웁!"

순간적으로 청수와 청풍이 토악질을 했다.

청운 역시 그리 좋은 표정은 아니었다.

현도가 좋지 않은 표정을 짓는 청 자 배 제자들을 바라보며 말했다.

"때론 모든 것을 이해할 필요는 없는 거다. 세상에는 이해 못 할 인간도 있으니 말이다."

현도는 고개를 내젓고 있었다.

이해하려 할수록 멀어지는 인간이 바로 장무위라고 생각했다.

그는 이해하려 하면 피곤한 인간이었던 것이다.

"응? 왜들 안 와?"

고기가 익어 가는 가운데 장무위가 눈을 휘둥그렇게 뜨며 묻자 막우가 망설이며 대답했다.

"사실 사람 타는 데에서 고기는 좀……."

나름 용기를 내어서 한 대답에 장무위가 피식 웃으며 말했다.

"내가 사람 굽냐?"

"우읍!"

"쯧. 덜떨어져 가지고. 다 생각하기 나름이다. 칼 밥 먹고 산다는 것들이 약해 빠져 가지고."

"우욱!"

"너도 안 먹겠구나."

막우가 허옇게 질린 표정으로 대답하였다.

"예……."

"그래, 가 봐라."

장무위가 막우를 보내고 잘 익은 고기를 한 점 잘라 입에 넣었다.

"배부른 세상이야."

이런 일에 익숙한 자신이 이상한 건지 세상이 이상한 건지 그저 웃을 뿐이었다. 장무위에게 있어 제일 중요한 것은 이 순간일 뿐이었다.

살아 있다는 것.

그게 중요할 뿐이다.

* * *

콰앙!

자리를 박차고 일어선 제갈장천이 벌게진 얼굴로 외쳤다.

"싸락골에!"

"예, 총군사님."

절검대주인 제갈유의 보고에 제갈장천이 노기 어린 표정으로 말했다.

"전마성 놈들이 미쳤구나. 감히 화경의 고수들이 버티고 있는 곳에서 일을 벌이다니."

"그게 이번에는 좀 위험했던 것 같습니다."

"으음. 아무래도 그만한 준비를 했을 터이니……. 그래, 놈들의 면면은 보고 올라온 것이 있는가?"

제갈장천이 신중한 표정으로 묻자 제갈유가 무거운 기색으로 입을 열었다.

"전마성의 원로원과 전마성 혈기대의 절반 정도 되는 전력이 투입되었다고 예상하고 있습니다."

"원로원!"

원로원이라는 말에 제갈장천은 아연실색할 수밖에 없었다.

이전 정마대전 때에도 전마성은 원로원 고수들을 끝까지 밖으로 내보이지 않았다. 그토록 아껴 두었던 패가 바로 전마성 원로원의 고수들인데, 이번에 싸락골로 파견되었다고 한다. 절반에 달하는 혈기대라는 소리는 귀에도 들어오지 않을 만큼 충격적이었다.

"그렇습니다. 그리고 보고에 의하면 그중 인마와 지마, 그리고 광혈마가 있었는데……."

"으음. 전대의 마두들이군."

"셋 다 극마의 경지였다 합니다."

"극마!"

제갈장천이 입을 떡 벌리고는 다물 줄을 몰랐다. 극마라면 화경의 고수다.

그만한 고수가 갑자기 셋이나 튀어나왔다는 말에 놀라지 않을 수가 없었다.

놀란 나머지 잠시 동안 말문을 잇지 못하던 제갈장천이 서둘러 질문을 던졌다.

"그럼 피해가 어찌 된다 하던가!"

"싸락골의 개방 분타가 거의 전멸에 가까운 타격을 받았습니다."

"으으음."

제갈장천의 미간이 저절로 찌푸려졌다.

어쩌면 당연한 결과일 수밖에 없었다.

싸락골은 상대적으로 중요도가 떨어지던 곳이기에 상주하는 인원의 무공 실력이 그리 높지 않았다.

원로원이 아니라 혈기대 한 개조 정도만 왔다고 해도 막아내기 어려운 수준이었다.

제갈장천이 심각한 표정으로 입을 열었다.

"그 외에는 피해가 어찌 되는가. 혹 어르신들께서……."

"내상과 외상이 좀 있으시나, 몇 달 정양하시면 쾌차하실 정도라 합니다."

"그런가. 그럼 개방 분타 이외의 피해 규모는 어떤가."

제갈장천이 긴장 어린 표정으로 질문하자 제갈유가 담담한 음색으로 대답했다.

"그게 끝입니다."

"응?"

"개방 분타의 거지들 이외에는 큰 피해가 없습니다."

"그게…… 말이 되는가?"

제갈장천의 입이 떡 벌어졌다.

지금까지 들은 보고만 해도 머리가 지끈거릴 지경인데, 피해가 싸락골 개방 분타의 거지들로 그쳤다는 게 이해가 안 간다는 표정이었다.

"저도 이해가 안 갑니다. 보고를 듣기는 했지만……. 게다가 습격자는 그게 끝이 아니었습니다."

"더 있었단 말인가!"

"환요궁의 궁주인 환희음마와 전마성 장로인 황금산 역시 함께였다고 합니다."

"환요궁주까지?"

"예."

제갈유의 대답을 들은 제갈장천이 심각한 표정을 지었다. 하지만 제갈장천은 이내 미간을 찌푸리고 고개를 갸웃거렸다.

"그런데 어찌 황금당주인 황금산이 왔을까."

황금산의 무위는 전마성 장로라는 위치에 걸맞게 절정 수준에 이르러 있었다. 그러나 그가 주로 움직이는 곳은 전장이 아니었던 것이다.

순간 짚이는 것이 하나 있었다.

"혹…… 장 어르신을?"

"아마도 그랬던 것 같습니다."

"……."

제갈유의 대답에 제갈장천의 얼굴 위로 불신이 서리기 시작했다.

"혹시 전마성으로 가셨는가?"

"서신으로는 지조를 지켰다는 이야기가 있는 것으로 보아 아마도 넘어가진 않았던 것 같습니다."

제갈유의 대답에 제갈장천이 눈을 휘둥그렇게 뜨며 놀란 음성을 뱉었다.

"의외로군!"

"저도 의외입니다."

둘이 동시에 고개를 끄덕였다.

황금산의 거래에 장무위가 걸리지 않았다는 게 놀라웠던 것이다.

"그런 상황에서도 피해 없이 잘 버텨 냈군. 그들로서는 속전속결을 노렸을 테니까 말이야. 자, 그럼 전마성 놈들의 종적은 어찌 되었는가? 당연히 추적대를 편성했겠지?"

이곳까지 서신이 온 것으로 보아 일단 일선 정도맹 지부에서 먼저 조치를 취했으리라 판단한 제갈장천이 도주 중인 전마성 무리들에 대해 질문을 던졌다.

"그게……."

제갈장천의 질문에 제갈유가 잠시 머뭇거리는 모습을 보였다. 그러자 제갈장천이 살짝 인상을 찌푸리며 물었다.

"종적을 놓쳤다고 하는가?"

"아닙니다."

제갈장천의 질문에 제갈유가 고개를 저었다. 하지만 이어지는 설명이 없자 제갈장천이 답답하다는 표정으로 다시 물었다.

"그럼 어떻게 됐다는 건가?"

"그게, 저도 믿을 수가 없어서……."

"속 시원히 말해 보게."

제갈장천의 말에 제갈유가 한숨을 탁 내쉬고 대답했다.

"다 죽었답니다. 사로잡힌 황금산과 몇몇을 제외하곤 모조리 말입니다."

"억!"

제갈유의 말에 또다시 제갈장천의 입이 떡 벌어졌다.

"이걸 어찌 믿어야 할지……."

보고를 하는 제갈유도 고개를 저었다.

도무지 말이 안 되는 일이었다.

물론 극마 초입의 고수들이 세 명이나 된다고 하더라도 걸왕과 소요검선이라면 능히 감당할 수 있을 터였다.

하지만 원로원 고수들이 몰려갔다.

그뿐 아니라 혈기대의 절반가량이 가세했으며 화경의 고수도 능히 대적할 수 있다는 환희음마까지지도 함께 있었다.

그런 인원을 걸왕과 소요검선 그리고 현도와 그의 제자들만으로 다 상대할 수는 없었다.

변수가 될 만한 인물이 있다면 하나였다.

"장 어르신……."

제갈장천의 얼굴이 굳어졌다.

"서신에는 철저하게 장 어르신에 대한 언급이 없습니다. 그저 황금산과 호위들을 사로잡았다고만 올라왔을 뿐입니다. 그것도 수면제로 그들을 잡았다고 짧게 적혀 있었습니다."

제갈유의 설명을 들은 제갈장천이 천천히 일어서더니 옷가지를 챙겼다.

"맹주님께 보고하러 가십니까?"

"아니."

"예?"

제갈장천이 밖으로 걸어 나가며 말했다.

"싸락골로 가네."

"맹주님께는요!"

"애들보고 보고하라고 해. 일단 가 봐야 견적이 나올 것 같다."

"아, 알겠습니다."

싸락골에서 날아온 소식에 정도맹이 들끓기 시작했다.

*　　*　　*

전마성주 갈천극의 얼굴이 굳어져 있었다.

"뭐라고 했는가."

"전멸입니다."

"혈기대가 말인가?"

"말 그대로 전부입니다."

"……."

태상장로 광염마존 곽주경의 대답에 갈천극의 입이 다물어졌다.

순간 공기가 묵직하게 변했다. 이어서 갈천극의 온몸에서 검은 기운이 스멀거리며 풍겨 나오기 시작했다. 그러자 곽주경이 얼굴을 굳히며 내력을 끌어 올렸다.

그러지 않고서는 버틸 수 없었다.

드드드드!

갈천극이 머무는 내전이 흔들리기 시작했다.

그에게서 뿜어져 나오는 내력이 그만큼 강력했기 때문이었다.

"서, 성주님."

곽주경이 이를 악물며 갈천극을 불렀다.

그제야 전각을 흔들던 내력이 순식간에 거두어졌다.

'성주께선 더 강해지셨다!'

엄청난 내력이 쏟아졌다가 일순 거두어졌다.

극마의 경지에 든 자신이 내력을 끌어 올리고도 답답함이 느껴질 정도의 막대한 내력에 곽주경은 놀라움을 금치 못했다.

하지만, 그것을 밖으로 내색하지는 않았다.

그 정도로 지금의 상황은 너무도 좋지 않았다.

"어찌 된 건가."

"아직 상세한 정황을 파악하고 있습니다."

"보고가 잘못되었을 가능성은?"

너무도 뜻밖의 일인지 갈천극은 믿지 못하겠다는 표정으로 질문을 던졌다.

"위지무 장로가 해당 사항을 제대로 파악하기 위해 싸락골에 암약하고 있는 은월을 불렀습니다."

"은월 칠 조지?"

"아시는군요."

"외울 수밖에."

갈천극의 무심한 얼굴에 균열이 생겼다.

"자세한 내용을 파악하는 대로 다시 말씀드리겠습니다."

"가 보게."

무거운 표정으로 되돌아서는 갈천극의 뒷모습에 곽주경은 허리를 숙여 예를 취한 후 물러났다.

창밖을 바라보고 선 갈천극이 입술이 열렸다.

"소요검선은 아니다. 걸왕은 더더욱……."

이런 결과가 나왔다면 예상되는 것은 하나다. 정도맹이 미리 알고 함정을 팠다는 것.

하지만 갈천극의 뇌리에는 또 하나의 이름이 떠올랐다.

"장무위."

그 이름은 오랫동안 머리를 감돌며 사라지지 않았다.

*　　*　　*

"뭐라고 합니까."

며칠간 육체노동을 했던 은월 칠 조원들은 다시 모여 있었다.

전마성에서 서신이 왔기 때문이었다. 조원 하나가 긴장된 표정으로 질문을 던지자, 은월 칠 조장이 착잡한 표정으로 대답했다.

"오란다."

"……."

"후우."

은월 칠 조장의 한숨이 길게 흘러나왔다.

"차라리 아예 복귀했으면 좋겠습니다."

조원 하나가 한숨을 쉬며 말했다. 그러자 또 한 명이 고개를 저으며 입을 열었다.

"전 이번에 올라가면 혈기대에 지원하려 합니다. 도저히 못해 먹겠습니다."

"저도……."

"저 역시."

조원들의 반응에 칠 조장이 회한 어린 시선으로 그들을 바라보며 말했다.

"이 동네엔 마가 낀 것 같구나. 사는 게 힘들다는 생각이 든다……."

세상 다 산 노인과 같은 표정을 짓는 은월 칠 조장이었다.

# 第五章

# 장무위란 인간

"이걸 어쩐다."

장원의 지하에 구금되어 있는 환요궁의 십이음녀들을 바라보며 장무위는 고민하고 있었다.

일단 살려는 두었는데 어찌할까 고민이 되었던 것이다.

"팔아 버려?"

장무위의 눈썹이 꿈틀거렸다. 동시에 십이음녀들이 긴장하기 시작했다. 그때 다시 장무위가 고개를 저으며 중얼거렸다.

"혹시 복수한답시고 엉기면 어떡해. 차라리 그때 싹 다 죽였어야 했는데."

장무위가 귀찮다는 표정을 지었다.

그러자 십이음녀들의 얼굴에 식은땀이 흐르기 시작했다.

환희음마의 죽음으로 인해 심령의 끈이 끊어진 그녀들은 그저 내력이 좀 있는 여인들, 그 이상도 이하도 아니었다.

애초에 환락소소무를 운용하기 위한 소모품에 불과했기 때문이었다.

"사, 살려 주세요! 복수는 꿈도 꾸지 않아요!"

"맞아요! 장주님, 저희는 그저 궁주님에게 심령으로 제압당했을 뿐이에요!"

"흑흑흑!"

순식간에 주변이 울음바다로 변했다.

이전 요염한 모습으로 환락소소무를 펼치던 그녀들이 맞는가 싶을 정도로 달라진 모습이었다.

"살려만 주신다면 뭐든 다 하겠어요."

순간 장무위의 귀가 쫑긋 움직였다.

그녀들은 그런 장무위의 변화를 놓치지 않았다.

"장주님의 종이 되라면 되겠습니다!"

"무슨 일이든지 시키시는 대로 다 할게요! 제발 살려만 주세요!"

"벗으시라면 벗겠사와요……."

순간 장무위의 얼굴에 인자함이 그려졌다.

"그동안 많이 무서웠지, 우리 이쁜이들."

장무위의 태도가 바뀌자 십이음녀들의 얼굴에 화색이 돌기 시작했다.

그녀들을 바라보며 장무위가 흐뭇한 표정으로 말을 이었다.

"그래, 니들이 무슨 죄가 있겠냐. 죄라면 이미 뒈져 버린 그 망할 환희음만지 뭔지가 죄지."

"흑흑흑!"

"저희는 정말 힘들었어요!"

"장주니임!"

십이음녀가 일제히 흐느끼기 시작했다.

사실 그녀들은 전부 선수였다. 환희음마에게 선택을 받아 끌려가기 전까지는 모두 이 바닥에서 알아주는 여인들이었다.

환희음마 입장에서는 고작해야 몇 번 쓰다가 버릴 소모품을 고르는 데 오랜 시간 공을 들일 필요가 없었다. 그렇기에 여태까지 기루 등에서 이름난 여인들을 사 오든지 해서 적당히 써 왔던 것이다.

기회를 잡은 그녀들은 이때를 놓칠세라 장무위의 약점을 공략했다.

가녀린 모습을 보이는 그녀들을 훑어보며 장무위가 두 팔을 활짝 펼쳤다.

"떨지 말고 오려무나!"

"까아!"

"장주님!"

활짝 펼쳐진 장무위의 너른 가슴으로 십이음녀들이 달려들었다.

물론 막우와 광저도 함께 있었지만, 그들에게 달려가는 여인은 하나도 없었다. 그녀들은 제대로 된 생명줄이 누구인지 본능적으로 알고 있었던 것이다.

"끙, 나가자."

"예, 형님."

광저가 한숨을 쉬고 뒤돌아선 막우를 따라 나섰다. 그 뒤로 십이음녀들의 생존을 위한 외침이 뒤따랐다. .

"어머나, 장주님 가슴팍이 동정호보다 넓어요!"

"잘생기셨다!"

"어머, 이 복근 좀 봐! 빨래를 해도 되겠어요!"

그 목소리들을 들으며 광저가 씁쓸한 음성을 흘렸다.

"쳇."

막우와 광저가 지하의 문을 닫고 나오자 입구 쪽에 있던 걸왕이 말을 걸어왔다.

"심문은?"

그 역시 장무위가 십이음녀의 심문을 하러 들어간 것을 알고 있었다.

전투가 끝난 뒤 알려진 전마성 고수들 외에 환요궁주까지 있었다는 이야기를 듣고 얼마나 기겁했는지 모른다.

더욱 놀랍고 어이없었던 것은 환요궁주의 환락소소무를 정력신공으로 파훼했다는 내용이었다. 환락소소무가 사공이기는 하지만 강호의 일절로 알려진 무공이었기 때문이었다.

그것을 장무위뿐 아니라 막우와 광저까지도 이겨 냈다 하니 걸왕이 놀라지 않을 수가 없었다.

질문을 던져 온 걸왕을 보며 막우가 떨떠름한 표정으로 되물었다.

"심문 말입니까?"

"그래. 심문한다고 들어가지 않았냐?"

걸왕의 반문에 광저가 대신 대답했다.

"혼자 하실 겁니다."

"혼자?"

"예. 아마 밤새 심문을 하실지도……."

광저의 말에 걸왕이 고개를 끄덕였다.

"그래도 생각한 게 있는지 계집이라고 다 들러붙지는 않는가 보군. 알았다."

걸왕은 뒷짐을 지고 다른 곳으로 발을 옮겼다. 그 모습을 보며 광저는 차마 진실을 이야기할 수 없었다.

황금산은 장원 한쪽에 만들어진 구덩이 안에 앉아서 넋을 잃고 있었다. 무공이 폐쇄된 채 갇혀 버린 그는 하루하루를 힘겹게 버티고 있을 뿐이었다.

"다 죽었다니……."

상상도 할 수 없는 일이 벌어졌다.

자신들의 실패와는 차원이 다른 결과였다. 이곳에서 사로잡힌 이들을 제외하고는 전부 죽었다는 것이다.

도무지 믿을 수가 없었다.

"어찌 이런 일이 벌어질 수가……."

아무리 장무위가 이곳을 벗어났다 해도 있을 수 없는 일이었다. 처음부터 화경의 고수 셋을 상대할 경우를 상정하고, 그에 맞게 준비한 병력이었다.

그런데 들려온 소식은 몰살이었다.

그것을 증명이라도 하듯 며칠간 시체 태우는 냄새가 사방에 진동했었다.

황금산이 고개를 들어 올렸다.

구덩이 위에 박힌 철창 사이로 어스름한 새벽이 물러가고 아침을 알리는 태양 빛이 찾아오고 있었다.

그 빛을 바라보며 황금산은 중얼거렸다.

"날 어찌할 것일까……."

며칠 전에 십이음녀들이 풀려난 것을 볼 수 있었다. 그녀들은 비교적 자유로워 보였으며 하나같이 장무위를 졸졸 따라다니며 시중을 들고 있었다.

비록 구덩이 안 철창에 갇혀 있었지만, 주변을 지나는 그녀들의 모습을 얼핏 볼 수 있어 그 같은 사정을 알 수 있었던 것이다.

차라리 고문이라도 당했다면 덜 불안했을 것이다. 하지만 지난 며칠 동안 고문은커녕 하루 두 끼의 식사가 꼬박꼬박 나왔다.

한 번은 걸왕이 쪼그리고 앉아서 그에게 뭔가를 물어보려다가 장무위에게 뒤통수를 맞고 제압당하는 꼴을 보기도 했다.

그것만으로도 전마성의 계책이 누구 때문에 무너졌는지 감잡을 수 있었다.

"장무위……."

앞으로의 일이 걱정되었다.

*　　*　　*

제갈장천은 장무위의 장원에 도착하자마자 포로들을 심문할 수 있도록 내어 달라는 요청을 했다.

"누구 맘대로?"

"감사합…… 네?"

"누구 맘대로 데려간다는 거야? 앙?"

순간 제갈장천은 멍한 표정으로 장무위를 바라보았다. 놀라 있는 제갈장천을 대신하여 함께 온 절검대주 제갈유가 차분하게 말을 이었다.

"정도맹의 행사입니다."

"내가 정도맹 소속이라도 돼?"

장무위가 삐딱하게 고개를 꺾으며 되묻자 제갈유가 담담히 말을 받았다.

"이곳은 정파의 영역입니다."

"황제가 들으면 팔짝 뛰겠네. 걔 영역이잖아, 여기."

"……."

장무위야말로 황제가 들으면 펄쩍 뛸 말을 서슴지 않고 내뱉었다. 그러다 고개를 다시 반대쪽으로 꺾으며 말을 이었다.

"게다가 이 땅, 내가 샀잖아. 정도맹이 샀나?"

"그런 의미가 아니잖습니까."

제갈유가 엄중한 어투로 입을 열었다. 그러자 장무위가 피식 웃으며 대답했다.

"여긴 내 영역이다. 됐지?"

"협력하셔야 합니다."

"안 하면?"

"……."

순간 제갈유는 말을 잇지 못했다.

장무위는 그의 힘으로 어찌할 수 없는 이었다. 해서 정도맹이란 이름을 빌린 것인데 그것마저 통하지 않는 모습이었다.

"힘으로 하게?"

순간 장무위로부터 살기가 뿜어져 나왔다.

갑갑하고 끈적끈적한 살기였다.

"죄송합니다. 이 친구가 워낙 고지식해서……."

그런 둘 사이에 끼어든 것은 제갈장천이었다.

"그럼 잠시 머물러도 되겠습니까? 별채를 빌리겠습니다."

"바삐 오느라 힘들었지? 만덕아! 손님 받아라!"

장무위가 화색을 보이며 만덕이를 찾았다. 제갈장천이 제갈유에게 전음을 보냈다.

[일단 어르신들부터 봬야겠다. 우리가 성급했어. 이 일이 어떻게 된 건지, 사실 파악부터 다시 해야 한다.]

[알겠습니다.]

둘은 만덕이를 따라 별채로 향했다.

그리고 그들을 십이음녀가 맞이했다.

"오호홍! 어서 오시와요!"

"어머, 이분 분위기 좋으시다!"

"……."

"……."

그들의 양옆에 찰싹 달라붙어서 이끄는 여인들을 보며 제갈장천과 제갈유는 아무런 말을 하지 못했다.

다만 전음만 나눌 뿐이었다.

[저번보다 이쁜 아가씨들로 바뀌었는데?]

[총군사님!]

[내 마누라에게만 말하지 말아 줘.]

나름대로 흡족한 제갈장천이었다.

저녁이 되어 별채로 손님이 찾아왔다.

다름 아닌 소요검선과 걸왕이었다.

"죄송합니다. 아무래도 이쪽이 이야기하기 좋아서 모셨습니다."

"빨리도 왔구나."

걸왕이 자리에 주저앉으며 말하자, 제갈장천이 쓴웃음을 머금으며 대답했다.

"도무지 믿을 수가 있어야지요."

"직접 본 나도 못 믿겠다."

"나도 마찬가지일세."

걸왕과 소요검선의 대답에 제갈장천은 물론 제갈유의 눈이 휘둥그렇게 떠졌다. 그 말은 걸왕이나 소요검선이 이 일을 마무리한 게 아니란 의미였다.

"어찌 된 일입니까? 장 장주 어르신이 어떻게 했기에……."

"말 그대로다. 그 인간이 다 때려죽였다."

순간 제갈장천과 제갈유는 말문을 열지 못했다. 다름 아닌 걸왕의 대답이다. 믿지 않을 도리가 없었다.

그럼에도 믿을 수가 없는지 두 사람은 동시에 소요검선을 바라보았다.

"아마 그 친구가 아니었다면 우리 둘은 물론이고 화산의 현도, 그 친구 일행도 살아남을 수 없었겠지."

"혈기대의 절반이 왔다고 들었습니다."

멍한 표정으로 제갈장천이 입을 열자 걸왕이 덤덤하게 대답했다.

"맞아. 다 죽었지."

"원로원에서도 상당수의 고수들이 왔다 들었습니다."

"작정하고 왔더군. 다 죽었지."

"극마의 고수들도 셋이나 있었다고 들었습니다."

"나도 놀랐어. 다 죽었지."

"어떻게……."

제갈장천이 넋 나간 표정으로 묻자 걸왕이 간단하게 대답해 주었다.

"하난 맞아 죽었고, 하난 세로로 두 쪽이 났지. 그리고 마지막 하난 가슴팍이 박살이 나서 죽었네."

"자…… 잠깐! 설마, 아니겠지요?"

제갈장천이 불신 어린 시선으로 모호한 질문을 던졌다. 걸왕이 마치 남 이야기 하듯 말을 했기 때문이었다.

대답은 소요검선이 대신 해 주었다.

"장무위."

"억!"

"그 친구가 한 거라네."

털썩!

힘이 빠진 제갈장천이 쓰러질 듯 휘청거리다가 두 손으로 땅을 짚었다.

제갈유는 자신의 목덜미를 쓸어 보았다.

왠지 자신이 범의 아가리에 머리를 들이밀었다 뺀 것 같은 느낌을 받았기 때문이었다.

그런 둘의 귓가로 걸왕의 중얼거림이 들려왔다.

"살다 살다 그런 전장은 처음이었지. 무림이 만들어 내는 전장이 아니야. 인간 그 자체가 만들어 내는 그런 전장이었다고."

제갈장천은 한동안 넋이 나가 있었다.

이상하다고는 생각했었다.

아무리 걸왕과 소요검선이 정파를 대표하는 화경의 고수라 하지만 작정하고 덤빈 전마성의 무리들을 그들만으로 전부 물리치기에는 무리가 있었다.

어찌어찌 해냈다 해도 개방의 싸락골 분타를 제외한 이들의 피해가 전무하다는 것 역시 이상한 일이었다. 그래서 어떤 형태로든 장무위가 큰 영향을 주었으리라고 판단했었다.

그런데 이야기를 들어 보니 단순하게 영향을 준 정도가 아니었다.

걸왕과 소요검선은 따로 떨어져서 습격을 받았고, 큰 상처를 입은 상태에서 겨우 합류할 수 있었다고 했다.

그런 상황에서 장무위가 나타나 혼자 북 치고, 장구 치고 다 했다는 것이다.

둘이 시간을 끄는 동안 혈기대의 추살진을 홀로 박살 내었다고 했다. 그뿐만 아니라 잠폭단을 먹은 적들도 모조리 박살을 내었다는 말까지 들었을 때, 제갈장천은 이제 더 놀랄 일이 없을 것이라 생각했다.

하지만…….

"잠깐. 뭘 먹었다고요?"

"잠폭단을 처먹더구나."

"예에?"

귀를 의심하는 제갈장천에게 걸왕이 자세한 설명을 덧붙였다.

"넘들 먹는 걸 보니 좋은 약 같아서 빼앗아 처먹은 게지. 것도 한 알이 아니라 두 알이나."

"컥……."

놀랄 일은 남아 있었던 것이다.

그러나 아직도 끝이 아니었다. 제갈유가 황급히 질문을 던졌다.

"아니, 그러고도 문제가 없었단 말입니까?"

"없긴."

걸왕의 허탈한 대답에 제갈장천이 장무위의 상태에 대해 재빨리 물었다.

"그럼 장 장주 어르신께서는 내상이라도……."

"내상은 개뿔! 환골탈태를 하더만. 펄펄 날더니 다 때려죽이더라."

"쿨럭!"

사실 잠폭단은 경지에 오른 고수들에게는 독약이나 마찬가지였다.

잠재된 힘을 모아 드러내고 발전시키는 것은 고수로 올라가기 위한 방법 중의 하나다. 때문에 경지에 오르기 위해서는 잠재력을 끌어 올리는 것이 필수였다.

이 말은 즉, 고수일수록 더 끌어 올릴 잠재력이 없다는 말과 다름이 없었다.

그런 이가 잠폭단을 먹는다면 독약을 먹은 거나 다를 바가 없다. 더 짧은 시간에 힘을 뿜어내고 죽어 버릴 것이다.

그런데 장무위가 그것을 한 알도 아니고 두 알이나 먹고도 죽지 않고 환골탈태를 했다는 것은 좋은 말로 하면 숨겨진 잠재력이 많다는 의미였다.

나쁜 말로는 정말 지독하게 비효율적인 수련을 해 왔기에 잠재된 내력이 여기저기 흩어져 있었다는 말이었다.

뭔가를 열심히 해서 경지에 오르긴 했지만 그 과정에 문제가 많았다는 의미였다.

그때 제갈유가 입을 떡 벌리며 말했다.

"그, 그럼 지금 장 어르신의 경지가……."

"설마 현경!"

제갈장천 역시 몸서리를 치며 놀란 외침을 쏟아내었다. 그들의 반응에 걸왕과 소요검선이 서로를 잠시 바라보았다. 그러고는 다시 제갈장천을 바라보며 걸왕이 대답했다.

"모른다."

"예? 분명 화경의 경지에 오른 무인이라고 전에……."

"그럴 것이라 생각했었지. 그런데 이번에 전투하는 것을 보고 느꼈다."

"무엇을 말입니까?"

그에 대한 대답은 소요검선이 해 주었다.

"경지가 의미가 없다는 것이라네."

"그게 무슨 말씀이십니까?"

제갈장천의 질문에 소요검선이 차분하게 대답했다.

"조화검신의 시대는 이러한 경지의 구분이 없었을 시기네. 물론 추상적인 경지에 대해서는 기록이 있었지만, 그것 역시 후대의 무인들이 이랬을 것이다, 하고 붙인 것에 지나지 않지."

"하나 그때에도 삼류니 일류니……."

"단지 그뿐이네."

소요검선이 제갈장천의 말을 막았다. 그러고선 차분하게 설명을 했다.

"화경이니 현경이니 생사경이니 그러한 경지의 구분이 있지는 않았을 것이네. 실제로도 그런 구분이 생겨난 것은 후대에 들어서가 아니던가."

소요검선의 말에 제갈장천이 고개를 끄덕였다.

"그건 그렇습니다. 무공의 효율, 그리고 방식 자체가 달라졌으니 말입니다. 지금은 입문 무공부터 시작하여 단계를 밟아 나가는 것이 많지만 옛날에는 그러지 않았다고 했으니까요."

하나만 죽자고 파서 경지에 오르는 것.

그게 옛날 고대 무림의 방식이었다.

그래서 오늘날에는 고대의 무공을 발견하더라도 효율 면에서 뒤떨어지는 경우가 많았다.

그 하나의 무공을 통해 수만 가지 깨달음을 겪어야 상승의 경지에 오르기 때문이었다. 하지만 매일 같은 글자를 통해 수만 가지 깨달음을 얻는 게 쉽겠는가.

그런 이유에서 지금의 체계적인 방식이 만들어졌다. 다양한 접근을 통해 순차적으로 깨달음을 얻는 것.

그것이 지금 무림의 방식이었다.

박학다식한 제갈장천답게 그는 소요검선이 말하고자 하는 바를 이해하였다.

그를 보며 소요검선이 말을 이었다.

"장무위 그 친구는 옛날 방식대로 해 왔다고 보면 되네."

소요검선의 말에 고개를 끄덕이던 제갈장천이 잠시 멈칫했다.

뭔가 이상한 느낌이 들었던 것이다.

"저, 연공실로 들어갈 때 비급은 놓고 갔다고 하지 않았습니까?"

제갈장천이 고개를 갸웃거리며 묻자 걸왕이 당연하다는 표정으로 대답했다.

"그랬지."

"그런데 어찌 옛 방식의 수련을 할 수 있는 겁니까? 그 시대에 살았던 것도 아닌데 말입니다."

"그, 그건……."

순간 걸왕의 말문이 막혔다.

제갈장천의 말대로였기 때문이었다. 장무위가 사백 년을 넘게 살았다는 사실은 이곳에 있는 이들만이 알고 있었다.

난감해하는 걸왕을 대신해 소요검선이 설명을 해 주었다.

"아예 심법을 모르는 것은 아니었다네. 토납법이지만, 기본적인 것은 알고 갔지. 그런 와중에 스스로 깨우쳐 가다 보니 그리된 걸세. 아는 것은 하나뿐이고 그것을 계속 곱씹었던 것이지."

"아! 그리한다면 방식은 옛 방식이었겠습니다. 이제야 좀 이해가 갑니다."

"그, 그렇군. 맞아, 그런 거야!"

걸왕의 행동이 뭔가 미심쩍은 느낌이었지만, 제갈장천은 고개를 끄덕이며 모른 체 넘어갔다.

"그러면 어르신들께서도 정확한 무위를 모르신다는 말씀이시지요?"

"그러네. 또 모르지……."

고개를 끄덕인 소요검선이 잠시 말끝을 흐렸다가 다시 이었다.

"……어차피 윗줄에 놓인 고수를 하수가 알아보기는 쉽지 않으니 말일세."

"끄응."

소요검선의 대답에 제갈장천은 입을 다물 수밖에 없었다. 다른 이도 아닌 소요검선의 대답이었고, 또 걸왕 역시 불편한 표정으로 동의나 마찬가지인 신음을 흘렸기 때문이었다.

낮에 정도맹을 거론했음에도 콧방귀도 끼지 않았던 모습을 새삼 떠올릴 수밖에 없었다.

소요검선이 인정하는 윗줄의 고수라면 정도맹이라 한들 먹힐 리가 없는 게 당연했다.

'역시 저번에 확실히 잡았어야 했나.'

아쉬움이 많이 남았다.

"어쨌든 적으로 돌리지는 말게."

소요검선의 음성에 걱정이 담겨 있었다.

"절대로 말이야."

걸왕 역시 진중한 표정으로 소요검선의 말에 힘을 실어 주었다.

두 노고수의 말에 제갈유의 등줄기에서 식은땀이 줄줄 흘러내렸다. 은연중 정도맹의 이름을 내세웠던 그로서는 지금 그들의 말이 너무도 섬뜩하게 다가왔다.

그때 걸왕이 제갈유의 상태가 심상치 않음을 눈치채고 물었다.

"뭔가 했나?"

"아! 그, 그게……."

제대로 말을 하지 못하는 제갈유를 대신해 제갈장천이 대신 대답했다.

"사실은 이번에 사로잡은 이를 넘겨받기 위해 잠시 들렀습니다."

"황금산이?"

"예."

"끌, 알 만하군."

걸왕이 혀를 찼다.

제갈유가 쩔쩔매는 것을 보니 대충 어떤 그림이었을지 저절로 그려졌다.

"대의니 뭐니, 정도맹이니 어쩌니 했겠구나."

"……예."

제갈유가 고개를 푹 숙였다.

"씨알도 안 먹히는 말을 했으니 안 맞은 게 다행이다. 그나마 신뇌가 이전에 해 준 게 있으니 참은 걸 거다."

걸왕의 말에 제갈장천이 안도의 숨을 내쉬며 멋쩍은 웃음을 지었다.

"하하하, 제가 뭐 한 게 있습니까. 그저 조심스럽게 친분을 다진 게 있으니……."

"그거 말고."

걸왕이 한심하다는 눈빛으로 고개를 젓자 제갈장천이 눈을 동그랗게 떴다.

"예?"

"돈 줬잖아."

"돈이라면……."

순간 제갈장천의 얼굴이 확 구겨졌다.

조화검신의 일 때문에 돈을 주긴 했었다. 그런데 그것 때문이라면…….

"넌 아직도 잠재 호구인 게지."

"……."

제갈장천이 고개를 떨어트렸다.

실의에 빠진 제갈장천을 위로하며 걸왕이 부럽다는 표정으로 말을 이었다.

"그래도 넌 잠재 호구라도 되지, 난……."

걸왕도 고개를 푹 숙였다.

요 며칠 기를 쓰고 장무위를 슬슬 피해 다녔는데, 이제 만나게 되면 어떻게 해야 하나 답답할 따름이었다.

한숨을 쉰 걸왕이 창밖을 보며 중얼거렸다.

"여하간 장원이 좀 망가져서 황금산인지 똥산인지 뭔지 하는 놈에게 뜯어낸다고 단단히 벼르더라. 그런데 내주겠느냐?"

"그, 그런 이유였습니까?"

"그럼 싸그리 몽땅 다 죽인 놈이 왜 그놈만 살려 두었겠느냐."

"그런 겁니까!"

경악한 얼굴의 제갈장천에게 걸왕이 고개를 끄덕이며 말했다.

"그런 거다. 뜯어낼 수 있으면 최대한 뜯어내는 게 그 인간이다."

"그, 그럼 놔 줄 수도 있다는 겁니까? 돈만 준다면!"

놀란 제갈장천이 벌떡 일어섰다.

그러자 걸왕이 고개를 갸웃거리더니 입을 열었다.

"그게 또 그렇게 되나?"

"저, 정말 그럴 가능성이 있다는 말입니까!"

"뭐, 워낙에 종잡을 수 없는 인간이니……. 에라, 모르겠다."

걸왕이 뒤로 양손을 짚으며 더 이상 고민하는 것을 포기했다. 생각하고 고민한다고 해서 답이 나올 문제가 아니라는 것을 잘 알기 때문이었다.

"저, 저 먼저 가 보겠습니다!"

"여기가 자네 방인데 어딜……."

덜커덩!

걸왕의 말이 끝나기도 전에 제갈장천과 제갈유가 뛰어나갔다.

그 뒷모습을 보며 입맛을 다신 걸왕이 소요검선에게 말을 걸었다.

"선배, 쟤들 이름 걸고 뭐 좀 먹읍시다. 저녁 대접한다고 부른 거니까 말이오."

"허허허."

걸왕의 말에 소요검선은 웃었다. 그 웃음을 본 걸왕이 한쪽 눈썹을 찌푸리며 물었다.

"싫다는 소리유?"

"허허허허!"

소요검선이 더 크게 웃었다. 그걸 본 걸왕이 히죽 웃으며 대답했다.

"흐흐흐, 싫지는 않구려."

"어허허허허!"

더욱 큰 웃음이 튀어나왔다.

잠시 후 풍성한 술상을 든 십이음녀가 별채로 들어갔다.

*　　*　　*

장무위가 내민 종이를 받아 든 황금산이 얼떨떨한 표정으로 물었다. 지금까지 얼굴조차 보지 못했던 장무위가 갑자기 저녁에 나타났기 때문이었다.

"이, 이게 뭡니까?"

"아까 제갈 뭐시기가 왔다."

"시, 신뇌!"

"그래. 머리통 열면 나오는 걸 별호랍시고 달고 다니는 놈."

꿀꺽!

황금산의 목젖으로 침이 넘어가는 소리가 크게 울려왔다. 드디어 올 것이 온 것이다. 하지만 황금산은 희망을 버리지 않았다.

신뇌가 왔다면 그냥 자신을 넘기면 그만이다.

그런데 이 야심한 밤에 굳이 자신을 만나러 왔다는 것은 뭔가 다른 생각을 하고 있다는 의미였기 때문이었다.

"캬, 머리통 굴리는 소리가 다 날 정도네?"

장무위가 히죽 웃으며 말했다. 하지만 황금산은 어떠한 말도 하지 않고 그를 바라보았다.

먼저 말을 꺼내기보단 그가 하는 말을 듣고 판단하는 게 좋다고 생각했기 때문이었다.

"먼저 한 가지 칭찬해 주마."

"무엇을 말이오."

"내가 너에게 소정의 사례를 받은 거 말이다."

"……."

분명 짧은 시간이었지만 기억하고 있었다.

돈 이야기가 나왔을 때 그가 자신을 죽이려 했다는 것을 말이다.

물론 비몽사몽간이었고, 잠에 취해 몸이 움직이지 않는 상황에서 들었던 말이지만 확실하게 기억하고 있었다.

자신을 죽여 그 사실을 덮으려 한 것을 말이다.

"이야기해서 좋을 것 없다는 것쯤은 알고 있습니다."

황금산의 말투가 바뀌었다.

고분고분하다는 느낌을 줄 필요가 있기 때문이었다. 그가 며칠간 지켜본 결과, 장무위는 정파보다는 정사지간에 가까운 인물이었다.

말이 정사지간이지 그냥 저 좋을 대로 움직이는 인간이었다.

그는 충분히 그럴 능력이 있었다.

자세한 것을 듣지는 못했지만, 그가 나섰기 때문에 인마와 지마를 비롯한 전마성의 인원들이 몰살당했다는 것쯤은 유추할 수 있었다.

그리고 또 한 가지.

황금산은 삶에 애착이 많았다.

전마성에 들어간 것도 마도천하를 부르짖기 위해서라기보다는 부와 명예 그리고 지위를 얻기 위해서였다.

철저하게 상인으로서의 이득을 생각하고 한 선택이었다. 게다가 전마성 영역에선 황금당주의 지위를 이용해 막대한 보화를 벌어들이고 있었다.

당연히 전마성의 비밀을 털어놓는 것보단 장무위와 좋은 거래를 해서 벗어나는 게 좋다는 판단이 들었다.

"그래. 좋은 생각이야. 역시 돈푼깨나 만진 놈답게 계산이 빨라."

장무위가 그의 어깨를 도닥여 주었다.

순간 황금산의 눈동자와 장무위의 눈동자가 마주쳤다. 황금산의 눈동자에 비친 장무위의 눈동자는 탐욕으로 번들거리고 있었다.

그는 탐욕을 숨기려 하지도 않았다.

그저 보란 듯 내비치고 있었다.

장무위가 물었다.

"넌 얼마짜리냐?"

이보다 더 노골적인 질문이 어디 있단 말인가.

하지만 황금산의 마음은 한결 편해졌다.

이 말로써 그에게 거래를 할 마음이 있다는 것을 확실히 알았기 때문이었다.

"얼마면 되겠습니까."

"……."

황금산이 되물었다.

이럴 때는 자신이 내뱉기보다는 장무위가 내거는 조건에 맞추는 편이 낫다는 것을 알고 있었기 때문이었다.

황금산의 말에 장무위가 히죽 웃으며 대답했다.

"니가 제시해라."

"으음."

역시 칼자루를 쥔 입장이기에 다시 화살을 자신에게 돌린 것이다.

잠시 입을 다문 황금산이 고민 끝에 입을 열었다.

"삼천 냥."

삼천 냥이라는 말에 장무위가 콧방귀를 뀌었다.

"꼴랑?"

"금자로 삼천 냥입니다."

금자라는 말에 장무위의 눈이 반짝거렸다.

"그게 은자로 얼마지?"

"약 육만 냥입니다."

"오호."

은자 육만 냥이라는 말에 장무위의 얼굴에 화색이 돌았다. 그의 표정을 본 황금산은 희망이 커지는 것을 느꼈다.

"한 방에 금자로 삼천 냥을 부를 수 있다는 건 더 줄 수 있다는 거잖아?"

"으음."

장무위가 던진 말에 황금산의 얼굴이 순식간에 일그러졌다. 한마디로 더 뜯어내겠다는 말을 한 것이기 때문이었다.

"어, 얼마나 원하십니까."

"글쎄……."

사실 이 부분도 염두에 두긴 했다.

노련한 상인답게 받아들여지면 좋고 안 된다면 조금 더 줄 수 있는 액수를 제시했던 것이다.

장무위가 실실 웃다가 말했다.

"니가 제시."

"……."

황금산의 얼굴이 다시 굳어졌다.

또다시 자신에게 금액을 불러보라는 이야기에 고민에 들어갔다. 일반적인 거래가 아닌 일방적인 거래이기에 이런 상황이 만들어질 수밖에 없었다.

"아까 제갈이가 자꾸 보자고 보채던데……."

오랜 고민을 허용하지 않겠다는 말이었다.

황금산은 체념의 빛을 보이며 말했다.

"금자 오천 냥을 드리겠습니다. 은자로 십만 냥입니다."

"부자구나, 너?"

장무위가 반색을 하며 말했다. 하지만 황금산은 이 이상 빌미를 주지 않기 위해 딱 잘라 대답했다.

"더 이상은 무립니다. 자금을 운용하기도 힘들뿐더러 그 이상의 현금을 동원하긴 힘듭니다."

그러자 장무위가 대답했다.

"부동산도 받는다."

"……."

"그러니 조금 더 써."

"으으음."

장무위의 말에 황금산은 신음을 흘렸다. 그러고선 어렵다는 표정을 지으며 말했다.

"그 정도면 대명 황실에서 일 년에 거두어들이는 세수의 이십분지 일은 넘어갈 것입니다."

"그래? 얼마 안 되네?"

"……."

"어차피 중간에서 다 해 먹고 들어갈 테니 적은 거 아냐?"

장무위의 천연덕스러운 표정에 황금산의 얼굴은 다시 한 번 일그러졌다. 동시에 머리가 더 복잡해졌다.

잠시 고민하던 그는 뭔가 결정한 표정으로 입을 열었다.

"만 냥."

"만 냥?"

"금자로 만 냥입니다. 물론 전부 금으로는 불가능합니다. 모자라는 부분은 말씀하신 대로 땅문서로 보충하겠습니다."

금자 만 냥이면 은자로 이십만 냥이다.

명나라에서 거두어들이는 세금의 십분지 일은 충분히 넘는 금액이다.

"오! 엄청난 부자잖아!"

환한 표정을 짓는 장무위를 보며 황금산은 더 이상 불가능하다고 못을 박았다.

"이게 정말로 드릴 수 있는 최대한도입니다. 그 이상은 불가능합니다."

"뭐, 더는 욕심 부리면 안 되겠지. 사람이라는 게 욕심이 과하면 안 되는 법이니까."

"……."

황금산은 속에서부터 욱하고 올라왔지만 그것을 입 밖으로 꺼내지는 않았다.

"그럼 언제 줄 거야?"

"제 안전이 보장되는 것이 먼저입니다."

"안 주고 나른다는 보장도 없잖아."

"선금만 빼앗길 수도 있습니다."

이제는 돈을 주는 방법에 대해서 첨예하게 대립하기 시작했다.

황금산 역시도 필사적이었다.

장무위라면 충분히 돈만 빼앗을 수 있는 인간이라고 생각했기 때문이었다.

마찬가지로 장무위 역시 서로 음식에 약 타고 한 상대를 무작정 믿을 수는 없었다.

"흐음. 뭐, 어쩔 수 없지. 안전하게 팔아먹는 길을 찾아야겠군."

"그, 그게 무슨 말입니까?"

장무위의 말에 황금산이 화들짝 놀라며 물었다.

그런 황금산에게 친절하게 설명을 해 주었다.

"말 그대로야. 정도맹에다 팔 거야, 널. 물론 황금 만 냥은 아니더라도 고깃값보단 더 나오지 않겠어?"

"그런……."

황금산의 얼굴이 어두워졌다.

"뭐 어쨌든 잘 쉬라고. 애들이 좀 벼르고 온 듯하던데."

"잠시만 기다려 주십시오."

자신을 부르는 소리에 뒤돌아서던 장무위가 멈추어서며 그를 바라보았다.

"왜?"

"삼분지 일을 먼저 드리겠습니다."

"흐음."

삼분지 일이라는 말에 장무위가 흥미가 돋는다는 표정을 지었다.

"나머지는 도착하고 드리겠습니다."

"그걸 어떻게 믿냐는 거지. 일단 거기 들어가면 끝이잖아."

"정파 영역을 벗어나기 직전에 드리지요. 대신 추적을 하지 않으시는 게 조건입니다."

"흐음."

"물론 정도맹의 추적이 없어야 제가 안전한 곳에서 나머지 처리를 하겠지요."

황금산의 말에 장무위의 얼굴 위로 고민의 기색이 서렸다.

그때였다.

"안 됩니다!"

"시, 신뇌!"

황금산의 얼굴이 확 일그러졌다.

비명과 같은 소리를 지르며 나타난 것은 바로 신뇌 제갈장천이었기 때문이었다.

제갈장천이 나타나자 황금산의 얼굴 위로 체념의 빛이 돌았다.

그때 장무위의 신형이 사라졌다.

퍼퍽!

무언가 두들기는 소리와 함께 달려오던 제갈장천이 바닥에 코를 박았다. 마찬가지로 그와 함께 오던 제갈유 역시 힘없이 제압당해 쓰러졌다.

"휴우, 깜짝이야."

"지, 지금……."

"어서 튀자!"

"아, 알겠습니다."

둘을 제압한 장무위가 달려와 그를 꺼내 주었다.

"혈도도 좀 부탁드립니다."

황금산은 현재 걸왕에 의하여 혈도가 제압당해 움직이기 힘든 상황이었다.

"그런 거 몰라."

"예?"

"난 사람 잡는 것만 배워서……."

"그, 그럴 리가……."

장무위 같은 엄청난 고수가 해혈을 하지 못한다는 말에 황금산이 당황스러운 표정을 지었다.

"정말이야. 뭐 진기도인인지 뭔지는 해 보긴 했는데."

"그, 그걸로 해혈이 가능합니다!"

오히려 더 윗선의 해혈법이다.

진기를 직접 움직인다면 제압당한 혈도를 푸는 것은 일도 아닌 것이다.

"음. 일단 여길 벗어나서 하지. 조금 불안한 게 있어서……."

말을 마친 순간 장무위가 황금산을 둘러업고 날랐다.

그들이 사라지고 난 뒤 제갈장천과 제갈유가 뒷머리를 만지며 일어섰다.

"이, 이게 어떻게 된 일……."

"자, 장 장주가 황금산을 데리고 도망쳤습니다!"

"어억!"

제갈유의 말에 제갈장천이 황금산이 갇혀 있던 곳을 바라보았다.

텅 비어 있었다.

"아, 안 돼!"

털썩.

제갈장천이 허탈한 표정으로 텅 빈 감옥을 바라보다가 주저앉았다.

# 第六章

# 기구한 인생

"허억!"

제갈장천이 비명과 함께 벌떡 일어났다.

그런 그를 맞이한 것은 걸왕이었다.

"쯧. 깼는가?"

혀를 차며 안쓰러운 시선으로 바라보는 걸왕에게 제갈장천이 황급히 말문을 열었다.

"화, 황금산을 무위장주께서…… 아니, 무위장주께서 저에게 암습을……."

아직 제대로 정신을 차리지 못했는지 제갈장천이 횡설수설했다. 하지만 그가 말하려 하는 바가 무엇인지 짐작한 소요검선이 담담한 음색으로 대답해 주었다.

"이미 들었네."

소요검선의 곁에는 제갈유가 걱정스런 표정으로 그를 바라보고 있었다.

"그럼 추적을……."

"무슨 수로?"

"아……."

걸왕의 대꾸에 제갈장천의 말문이 막혀 버렸다.

장무위란 인간을 쫓는다 해서 그를 어찌할 수 있는 이가 어디에 있겠는가.

일단 제갈유와 함께 온 절검대원 다섯이 나서 봐야 답도 없다.

게다가 소요검선과 걸왕은 아직 내상에서 자유롭지 못한 상황이었고, 싸락골의 개방 분타는 괴멸된 상황이었다.

"크윽! 이렇게 뒤통수를 칠 줄이야……."

제갈장천이 울분에 찬 목소리를 내뱉자 걸왕이 딱하다는 시선을 보내며 말했다.

"뒤통수만 친 걸 보면 확실히 사람 됐다는 것을 알아야지."

"그게 무슨 말입니까?"

"이전 같았으면 어따 묻어 버리고도 남았을 거란 말이

지.”

“예?”

걸왕의 말에 제갈장천이 이해를 하지 못하겠다는 표정으로 그를 바라보았다. 그러자 걸왕이 혀를 차며 몇 마디 덧붙였다.

“그 인간 주특기가 살인멸구니까. 툭하면 묻느니 마느니, 죽은 자는 입을 나불거리지 않으니 깔끔한 게 좋다느니……. 아마 이번에 쳐들어온 놈들 죄다 죽인 것도 뒤가 귀찮아질까 봐 그랬을 거야.”

“서, 설마요.”

“설마는 무슨 놈의 설마. 그 설마 때문에 내 인생이…….”

제갈장천에게 대꾸를 하던 걸왕은 갑자기 우울한 표정을 짓더니 한쪽 구석으로 가 방바닥을 손가락으로 비비적거렸다.

“내가 미쳤지. 차라리 누님이 낫지……. 아버지라니……. 크흑흑!”

“…….”

정신적으로 뭔가 문제가 있는 모습을 보이는 걸왕을 뒤로하고 소요검선이 제갈장천을 차분하게 타일렀다.

“정도맹의 권위는 그 구성원이나 약한 자들에게나 통하는 것일세. 그게 누구에게나 일반적으로 통하는 것이 아님을 알아야 하네."

"죄송합니다."

"예. 어르신."

소요검선의 설명에 제갈유는 고개를 숙였고 제갈장천 역시 씁쓸한 표정을 지으며 대답했다.

"실제 정도맹은 알게 모르게 그에게 많은 도움을 받은 거나 마찬가지니 말일세. 닦달할 게 아니라 오히려 그 도움에 대해 고마움을 느껴야 할 것일세."

"알겠습니다."

제갈장천은 대답을 하면서도 답답함을 느낄 수밖에 없었다. 자신이야 그렇다 쳐도 정도맹의 인사들도 모두 그렇게 생각할지는 미지수다.

지금처럼 적과 아군이 뚜렷하게 나뉜 시대에 중도란 인정받지 못하기 때문이었다.

"우리만 해도 지금 자네들을 마주할 수 있는 게 바로 그 친구 덕임을 부정할 수 없지 않은가."

믿을 수 없지만 믿지 않을 수도 없었다.

본인들이 스스로 인정하는데 어찌 부정하겠는가.

침묵을 지키는 제갈장천을 보며 웃어 준 소요검선이 다시 말했다.

"그리고 걸왕, 저 친구가 말하지 않았는가."

"예?"

"제일 좋아하는 게 입 막는 거라고 말일세."

"그럼?"

"사실 그리 신의가 높다고 할 수 있는 친구는 아닌지라……."

"예?"

소요검선은 그렇게만 말하고 쪽지 한 장을 넘겨주며 의미심장한 말을 남겼다.

"믿게나. 모르긴 몰라도 황금산이는 조금 고생할 걸세."

*　　*　　*

"미안. 다른 건 자주 해 봐서 조금 알겠는데 해혈인지 뭔지는 처음이라 조금 실수가 있네."

"……."

말문이 막힌 황금산에게 장무위는 너스레를 떨며 한마디 덧붙였다.

"그래도 재미있지 않아? 보통 이렇게 자신의 등판을 내려다볼 수 있는 기회는 잘 없잖아."

"……그건 그렇습니다."

황금산은 목이 돌아갔다.

정확히 반 바퀴.

그 덕에 그는 자신의 등을 내려다보는 기연을 얻을 수 있었다.

이게 다 장무위의 실험 정신 넘치는 진기도인 덕이었다. 황금산은 이런 상황에서도 화를 낼 수도, 아니 한숨조차도 쉴 수 없었다.

칼자루는 장무위가 잡고 있었기 때문이었다.

'그런데 극마의 고수들을 홀로 무너트린 절대 고수가 왜 이런 실수를…….'

황금산이 비록 장무위의 암수에 걸려 쓰러졌지만, 적어도 지금 이 행동이 의도하지 않았다는 것쯤은 알 수 있었다.

굳이 현재 상황에서 장무위가 거짓을 말할 이유가 없기 때문이었다.

하지만, 그냥 실수라고 생각하기에는 또 그의 가진바 무위가 너무 높았다.

그날 저녁 황금산은 팔다리와 입이 한 번씩 더 돌아가는 경험을 하고 나서야 장무위란 인간의 무지함을 알 수 있었다.

* * *

해혈하는 데 꼬박 하루를 허비한 황금산은 마을로 내려가 전장에 들러 약속한 금액의 삼분지 일을 찾아 주었다.

“으음. 난 현물이 좋은데.”

“이 전표면 현물이나 다를 바 없습니다.”

“그런가? 쯧, 나라 망하면 이런 게 제일 먼저 휴지 조각이 되는데.”

뭔가 마음에 안 든다는 듯 투덜거리는 장무위를 보며 황금산은 고개를 절레절레 저었다.

어떤 면에서는 닳고 닳은 모습을 보여 주다가도 또 어떤 면에서는 마치 산에서 살다가 처음 내려온 사람처럼 무지함을 드러내기도 했다.

황금산은 이런 면을 접할 때마다 그가 오랜 시간을 은거하던 기인이라는 사실을 실감했다.

‘일단 서신은 보내었으니…….’

장무위를 믿을 수는 없었다.

아무리 돈을 주었다 해도 언제 돌변할지 모르는 게 장무위였다.

해서 전장에서 돈을 찾으며 전마성 비밀 지부에 서신을 보낸 것이다.

만에 하나 정도맹에 알리고 역추적할 것을 염려해서였

다. 하지만 며칠 후 다른 객잔에 묵을 때 접선한 은월에게서 건네받은 쪽지에 추적자들에 대한 내용은 없었다.

오히려 정도맹은 이번 사건을 제대로 몰라서 진상을 파악하기 위해 전전긍긍한 상태라고 했다.

아마도 싸락골 개방 분타가 무너졌기 때문에 자세한 내용이 아직 전달되지 않은 모양이었다.

황금산은 이 내용을 전달받고 마찬가지로 안심할 수 있었다.

자신이 도주한 사실이 아직 알려지지 않았던 것도 같은 이유에서라고 판단한 것이었다.

'그래도 조심해야 한다.'

아직은 정도맹의 영역이다.

이제 조금 후면 장무위와도 헤어질 것이다.

산 중턱에 오르자 약속된 인원이 마중을 나왔다.

"약속된 돈은 이곳에서 드리지요. 일부는 전표고 나머지 대다수는 토지 문서입니다."

"그래. 그동안 고생 많았다."

장무위가 대견하다는 시선으로 황금산을 바라보았다. 황금산은 그의 시선을 받으며 가증스럽다고 생각했다.

"황금당주님, 이쪽으로 오시지요."

"알겠네."

걸음을 옮기며 황금산은 다시 한 번 장무위에게 주지시켰다.

"만에 하나 저에게 손대시면 약속된 토지 문서는 바로 휴지 조각이 될 것입니다."

"알아. 어떠한 상황이 와도 널 안 잡으마. 이건 나 장무위의 이름과 명예를 건 약속이다. 이 인간 장무위는 절대 황금산을 안 잡는다! 됐지?"

"……."

마치 선언이라도 하듯이 외치는 장무위를 지켜보던 황금산이 한마디를 더했다.

"죽이거나 때리는 것도 포함하셔야 합니다."

"알아! 장무위는 절대 황금산을 죽이거나 때리거나 잡거나 하지 않는다!"

"좋습니다. 믿겠습니다. 그리고……."

대답을 하고 걸음을 옮기려던 황금산은 미련이 남은 듯 고개를 돌려 말을 이었다.

"제 제의 아직 유효합니다. 전마성으로 오십시오."

"진작 이런 곳에서 하면 좋았잖아. 내 집 안 망가지고 말이야."

장무위가 히죽 웃자 황금산이 살짝 고개를 숙이며 마지막 인사를 했다.

"그럼. 소식 기다리겠습니다."

그 인사를 마지막으로 황금산은 산을 내려갔다.

비록 전마성의 고수들이 그에게 몰살을 당했지만, 그를 끌어들일 수만 있다면 차라리 이득일 것이라는 생각을 했다.

극마의 고수 셋을, 순차적이라고는 하지만 일순간에 제압할 수 있는 능력자는 거의 없다고 봐야 했다. 물론 초극의 강자인 전마성주와 소림의 무불은 빼고 말이다.

일말의 아쉬움과 끔찍한 여운을 남기고 황금산은 점차 멀어져 갔다.

장무위는 멀어져 가는 황금산에게 손을 흔들어 주었다.

"잘 가! 고마워! 잘 쓸게! 또 보자고!"

황금산을 호위해서 가는 혈기조가 그에게 말을 건넸다.

"고초가 심하셨습니다."

"후우."

황금산은 대답 대신 한숨을 내쉬었다.

그때 혈기 하나가 조심스럽게 말문을 열었다.

"그런데 저자가 그렇게 두려운 이입니까?"

아직 혈기들에게는 자세한 사항이 전달되지 않은 상황이었다.

"위험한 자일세. 가능하면 아군으로 만들어야 할……."

"혹시 뒤쫓아 오지 않겠습니까?"

"걸린 돈이 얼만데 그러겠는가."

황금산이 굳은 얼굴로 말문을 열었다. 만에 하나 그가 다시 돌아와 자신을 잡게 되면 지부에 있는 수하들이 약속된 토지를 공중분해시켜 버릴 것이다.

이미 줘 버린 돈이야 얻을 수는 있겠지만, 약속된 금액의 절반 이상을 차지하는 토지는 그에게 돌아가지 않을 것이다.

그때 그들의 눈앞에 뭔가가 들어왔다.

"누군가 있습니다."

"뭣! 장무위, 그자가 혹시!"

"복장이 다릅니다."

달려가는 그들의 앞에 나타난 것은 흑의에 죽립을 깊게 눌러쓴 사내였다.

"혈마단?"

검은 흑의가 마치 혈마단원의 복식과 닮아 있었다. 하지만 혈마단원이 갑자기 이곳에 홀로 나타날 리는 없었다.

"누구냐."

혈기 하나가 조심스럽게 한 걸음 나서며 물었다.

그러자 죽립을 깊게 눌러쓴 사내가 나지막한 목소리로

대답했다.

"기연 사냥꾼이라 하지."

"기연 사냥꾼!"

"저자가 기연 사냥꾼?"

혈기들이 모두 놀랐다.

기연 사냥꾼에 대해서는 그들도 잘 알고 있었다. 전마성이 조화검신의 비동을 가지고 혼란을 유도하려 했을 때 나타나 깽판을 친 인물이었다.

심지어 그를 쫓던 혈마단원들이 벌거벗은 시체로 발견된 일도 있지 않았는가.

자세히 살피니 손수 만든 것처럼 엉성한 죽립이 그 인상착의와 닮았고, 혈마단원의 옷을 입고 있는 것이 죽은 단원들이 벌거벗은 채로 발견된 사건과 겹쳐졌다.

"기연 사냥꾼이 왜……."

당혹한 표정을 짓는 혈기들과 달리 황금산은 얼떨떨한 표정으로 그를 바라보고 있었다.

그러고는 떨리는 목소리로 입을 열었다.

"장무위?"

"기연 사냥꾼이라니까. 난 절대 장무위가 아니다."

"맞잖아!"

"닥쳐! 난! 기연 사냥꾼이다!"

버럭 소리를 지른 장무위…… 아니, 기연 사냥꾼이 혈기들과 황금산을 덮쳐 갔다.

* * *

정도맹 분타를 지키고 있던 무사 장오는 눈앞에 서 있는 죽립 사내를 조심스럽게 살피며 다시 질문을 던졌다.

"누구시라고요?"

"기연 사냥꾼."

"자, 잠시만 기다리시겠습니까!"

기연 사냥꾼을 모를 리가 없었다.

정도맹에서도 그를 찾으려 얼마나 노력했는가.

"최대한 빨리 와야 할 거야. 전마성의 황금당주를 내가 잡고 있으니 말이야."

"화, 황금당주!"

황금당주란 말에 장오는 눈을 휘둥그렇게 떴다. 기연 사냥꾼 뒤에 줄줄이 매달려 있는 이들 중 하나가 바로 전마성의 황금당주란 말이기 때문이었다.

물론 그 용모에 대해서는 알지 못하지만 알아도 소용없다는 판단이 들었다.

얼굴들이 푸르죽죽한 게 얼마나 맞았는지 그 형태가 사

람이라는 것 이외에는 알기가 어려울 지경이었다.

그때 기연 사냥꾼 바로 뒤에 있던 사내가 부어터진 입술을 달싹였다.

"자, 장무……."

쩌억!

휘리리릭! 털썩!

무어라 말을 하려던 사내의 안면에 기연 사냥꾼의 주먹이 작렬하는 순간, 그의 몸이 마치 물레방아 돌듯 제자리에서 휘리릭 돌더니 그대로 털썩 엎어졌다.

죽은 듯 쓰러진 사내를 보며 기연 사냥꾼이 말했다.

"그 입 다물라."

"빠, 빨리 안에다 알려!"

정도맹 분타에서는 이내 큰 소동이 일어났다.

기연 사냥꾼이 나타난 것보다도 더 중요한 사건이 터졌기 때문이었다.

진위를 확인하긴 어렵지만 전마성의 장로 중 하나인 황금당주가 잡혀 온 것이다.

정말 황금당주가 맞는지는 둘째 치더라도 혈기조까지 죄다 묶여 온 것만 해도 큰 사건이었다.

잠시 후 분타주가 헐레벌떡 달려 나왔다.

"정도맹의 황보중이라 하오!"

"기연 사냥꾼."

밖으로 달려 나와 포권을 하는 황보중에게 그는 짤막하게 다시 자신의 소개를 했다. 무례하다면 무례한 소개였지만 황보중은 그것을 탓할 정신이 없었다.

조심스럽게 그의 뒤에 묶여 있는 이들을 살피며 질문을 했다.

"그런데 황금당주는……."

"여기."

황보중의 질문에 기연 사냥꾼은 손가락을 아래로 향했다. 바닥에 장대한 체구의 중년인이 엎어져 있었다.

"이자가…… 황금당주란 말입니까?"

"물건은 확실하지."

"그럼 나머진?"

"황금당주를 마중 나왔던 혈기조라 하더군."

기연 사냥꾼이 품에서 혈기조를 의미하는 신분 패를 내밀었다.

그것만으로도 어느 정도는 사실 확인이 가능했다.

"으음. 일단 확인을 좀 더 해 봐야 알겠습니다. 대협의 의기에 감동했습니다."

황보중이 신음을 흘리고는 다시 포권을 했다.

일단 사실 여부를 확실히 해 봐야 알겠지만, 그가 정말 황금당주라면 확인이 어렵지는 않을 것이다.

하지만 기연 사냥꾼은 인사를 받는 대신 질문을 던졌다.

"얼마?"

"예?"

"설마 날로 먹으려는 건 아니겠지?"

"……."

황보중은 기연 사냥꾼이 내민 손바닥을 바라보며 식은땀을 흘렸다.

"그, 그게……."

간혹 정도맹의 영역에서 암약하는 전마성의 무리를 잡아오면 현상금을 주기도 했다.

하지만 이런 거물은 처음이었다.

게다가 액수를 떠나 제대로 확인도 하지 않고 돈을 내주는 것도 무리였다. 잡아온 이의 정체 또한 불확실하기 때문이었다.

기연 사냥꾼에 대한 소문은 무성하지만 그 누구도 그가 어떤 이인지 정확하게 모른다. 이자가 정말 기연 사냥꾼이라는 보장이 없었다.

"귀하가 기연 사냥꾼이라 하지만 확인하기도 어렵고……."

황보중이 신중하게 입을 열어 가자 기연 사냥꾼이 지도

한 장을 꺼내 팔랑거리며 말했다.

"너도 살래?"

"얼마면…… 큼! 크음."

순간적으로 말문을 열었던 황보중은 헛기침을 하며 주변을 둘러보았다. 수하들이 그를 보고 있었기 때문이었다.

"금 열 냥."

"이, 일단 확인을 해야 하니, 그 지도, 사겠습니다."

"분타주님, 혹시 모르니 소인이 사서 확인해 보겠습니다."

"그렇습니다. 이런 일은 저희들이 할 일입니다."

"차라리 제가……."

순식간에 주변으로 분타의 무사들이 몰려들었다.

그들을 본 기연 사냥꾼이 손바닥을 쫙 피며 소란을 가라앉혔다.

"크음."

"음."

"지금 중요한 건 그게 아니긴 하지요."

황금당주를 두고 소란을 피운 게 조금은 창피한지 다들 헛기침을 내뱉고 있었다.

소란이 조금 가라앉자 기연 사냥꾼이 말했다.

"줄 서."

*　　*　　*

"대주님!"

절검대원 중 하나가 헐레벌떡 달려 들어오자 제갈유가 그를 맞이했다.

"무슨 일인가?"

"황금산이 잡혔습니다!"

"뭣!"

쾅!

"그게 정말인가!"

절검대원의 보고가 끝나기도 전에 방 안에 있던 제갈장천이 문을 박차고 튀어나왔다.

"맞습니다!"

"허……."

절검대원의 대답에 제갈장천은 허탈한 음성을 내뱉었다.

그는 며칠 전 소요검선에게 받았던 쪽지를 떠올렸다.

쪽지에는 짤막한 내용만 적혀 있었다.

그 내용은…….

'황금당주. 얼마면 살래?'

……였다.

이제야 소요검선의 말이 이해가 되었던 것이다.

"그런데 문제가 좀……."

"뭔가?"

"일단 황금당주와 혈기조를 확인하는 데까지는 진행이 되었습니다만, 아직 인도를 거부하고 있다고 합니다."

"돈 달라지?"

"어떻게 아셨습니까?"

"역시……."

제갈장천이 일어섰다.

"직접 가십니까?"

"가야지."

제갈유의 질문에 제갈장천이 고개를 끄덕이며 다시 말을 이었다.

"장무위, 그 양반 좀 봐야지."

제갈장천의 말에 소식을 가져왔던 절검대원이 조심스럽게 말문을 열었다.

"그게, 황금당주를 잡아온 이는 무위장주님이 아니라고 들었습니다."

"그건 또 무슨 소린가?"

"기연 사냥꾼이라고……."

"……."

제갈장천은 할 말을 잃었다.

잠시 후, 제갈장천과 제갈유 그리고 절검대원들이 무위장을 나섰다.

* * *

"안녕하십니까!"

"저, 그 지도 말입니다. 제 사돈의 팔촌이 한 장 구할 수 없느냐고 해서……."

"저기 옆 분타에서 친구가 단체 할인 가능하냐고 질문이……."

장무위는 때아닌 호황을 누리고 있었다.

물론 장무위로서가 아닌 기연 사냥꾼으로서였다. 그 덕에 그는 항상 죽립 안에 복면을 하고 있어야만 했다. 그나마 식사를 할 때만큼은 복면을 벗을 수 있어 다행이었다.

"더는 없다."

"아!"

"아쉽……."

정도맹 무사들이 안타까운 표정들을 지었다.

확인을 전제로 장보도를 구매했던 무사들은 전부 그 영약의 효과를 몸소 체험하게 되었고, 소문은 황금당주를 잡은 것보다도 더 빠르게 들불처럼 번져 나갔던 것이다.

안타깝기는 장무위도 마찬가지였다.

'더 만들어올걸!'

기연 사냥꾼임을 증명도 할 겸, 또 떠들썩하게 소문도 낼 겸 만들어 놓은 장보도가 모자랐기 때문이었다.

맘 같아선 그냥 약만 팔고 싶었지만, 그에게도 나름대로 판매 원칙이라는 게 있어서 그럴 수 없었다.

떠들썩하게 소문을 내는 것은 다른 이유가 있는 게 아니었다.

바로 잔금 때문이었다.

장무위가 그에게 손을 댄다면 문서를 모두 공중분해시켜 버리겠다고 한 황금산의 발언 때문에 이렇게 머리를 쓴 것이었다.

기왕이면 떠들썩해야 기연 사냥꾼이 그를 팔아먹은 게 되니까 말이다.

물론 황금산은 어느 정도 눈치를 챈 것 같지만, 어차피 정도맹에 끌려갈 터. 재산을 처분하는 시간 정도는 벌 수 있으리라 판단했다.

"큼. 그런데 분타주에게서는 연락이 없나."

"아, 곧 총군사께서 도착하신답니다."

"신뇌?"

장무위가 되묻자 정도맹 무사인 장오가 조심스럽게 물었다.

"……잘 아십니까?"

"크음. 정도맹의 신뇌를 모를 이가 어디 있겠는가."

"아, 예……."

왠지 음색에서 친근함이 느껴졌지만 일단 더 묻지 않았다.

제갈장천이 보낸 서신에서 절대 그를 자극하지 말고 또 많은 것을 알려고도 하지 말라는 언급이 있었기 때문이었다.

"곧 도착해서 말씀하신 부분에 대해 이야기를 드린다고 하셨으니 조금만 기다리시면 됩니다."

"알겠네."

"예. 그럼 물러가겠습니다."

"잠깐."

장무위가 물러가려는 그를 불러 세웠다.

"예?"

어리둥절한 표정을 짓는 장오에게 장무위가 나직한 목소리로 말했다.

"물건 나오면 내 자네에게 연락하지."

"가, 감사합니다!"

“자네에게만 특별히야. 알지?”

“예! 입 꼭 다물겠습니다!”

“그래. 가 보게.”

환한 얼굴로 되돌아가는 장오를 보며 장무위는 흐뭇하게 웃었다.

“이 짓도 더 하기 힘들어졌으니 털 수 있을 때 털어야지.”

꼬리가 길면 밟힌다는 것을 잘 아는 장무위로서는 이참에 좀 더 팔고 빠질 생각을 했다.

그리고 이튿날, 제갈장천이 도착했다.

“기연 사냥꾼이네.”

“…….”

잔뜩 깔긴 했지만 분명 익숙한 음성이었다.

입을 다물고 있는 제갈장천 옆에 서 있던 제갈유가 눈을 휘둥그렇게 뜨며 입을 열었다.

“무, 무위장…….”

“조용하게!”

제갈유는 힘주어 주의를 주는 제갈장천의 말에 서둘러 입을 다물었다.

제갈유의 입을 닫게 만든 제갈장천은 기연 사냥꾼으로

변장한 장무위에게 고개를 숙이며 인사를 했다.

"신뇌라는 허명을 가지고 있는 제갈장천이라고 합니다. 위명은 익히 들었습니다. 처. 음. 뵙. 습. 니. 다! 기연 사냥꾼 어르신."

"큼. 반갑네. 얼굴 보니 참 신수가 훤한 게 거래가 잘될 것 같다는 생각이 드는군."

즐거운 목소리로 답을 하는 장무위에게 제갈장천이 고개를 들어 올리며 말문을 열었다.

"모쪼록……."

제갈장천이 이를 갈며 말을 이었다.

"……좋은 거래 부탁드립니다."

"흘흘흘!"

그의 웃음소리가 제갈장천의 심장을 후벼 팠다.

# 第七章

# 타오르는 전쟁의 불씨

"저주할 꺼야아아아아!"

황금산의 울분 어린 외침을 한 귀로 흘리며 장무위는 제갈장천을 보고 흐뭇한 표정을 지었다.

"복 받을 거야."

"감사합니다……."

말꼬리를 흐리는 제갈장천에게 장무위가 은근한 어투로 말을 붙였다.

"이전에 섭섭한 일 있었더라도 다 잊자고."

"이전에 뵌 적이 있던가요."

"흠, 큼큼."

왠지 잔뜩 날이 선 대꾸에 장무위는 슬쩍 고개를 돌렸다. 지금은 기연 사냥꾼인 만큼 그에 맞게 행동해야 한다.

"그럼 가 보겠네."

"살펴 가십시오."

"흠흠."

장무위가 죽립을 깊게 눌러쓰고 분타를 벗어났다.

그 모습을 함께 지켜보던 황보중이 궁금증을 참지 못하고 입을 열었다.

"따로 사람을 붙이지 않아도 되겠습니까? 위에서는 기연 사냥꾼에 대해서도 알아 놓으라고……."

"하지 말게."

"예?"

황보중에게 제갈장천이 다시금 강조하듯 말했다.

"하지 않는 게 좋네."

"그, 그게……."

황보중은 제갈장천의 말에 말끝을 흐렸다. 이미 뭔가 준비를 한 듯했다.

"부하들 죄다 땅에 파묻히는 꼴 보지 않으려면 꼬리 붙이지 말란 말일세."

"하나……."

"혈마대 한 개 조가 홀랑 벗겨져서 버려졌네. 우리 애들이라고 그리되지 않는다는 보장이 없지 않은가."

제갈장천의 말에 황보중은 살짝 놀란 모습을 보였지만 물러서지 않고 자신의 의견을 내비쳤다.

"전마성과는 다르지 않습니까."

"그런 거 구분하는 사람이 황금산을 돈 받고 팔아먹는가?"

"그, 그건 그렇습니다만."

"알았으면 돌아가게."

거듭되는 제갈장천의 말에도 황보중은 의견을 굽히지 않았다.

"하나 혈마대라 해도 전문적으로 추적술을 수련한 우리 무사들과는 다릅니다."

"현경의 고수쯤 되는 친구면 붙여 보든지."

"네?"

"하지 말라면 하지 말게. 명령이야."

차마 극마의 고수가 골로 갔다는 말은 하지 못하는 제갈장천은 명령이란 말로 황보중의 열의를 눌렀다.

너무도 완강한 제갈장천의 태도에 황보중은 입을 다물었다.

'결과로 보여드리겠습니다.'

이미 장무위의 뒤를 따르라고 분타 최고의 추적자를 붙

인 것은 말하지 않았다. 그저 결과로 보여 주면 된다는 생각을 한 것이다.

삼 일 후, 황보중은 넝쿨과 나뭇잎으로 온몸을 가리고 밤중에 분타로 되돌아온 추적자를 만날 수 있었다.

그가 울먹이며 말했다.

"다 뺏겼습니다. 흑흑흑!"

"……미안하네."

그제야 황보중은 제갈장천의 말을 들을걸, 하고 후회했다.

* * *

염천혈마 위지무의 얼굴이 굳어졌다.

"분명 탈출했다고 하지 않았는가?"

"그랬습니다. 혈기조까지 파견해서 안위를 확인했었습니다만……."

"장무위란 자가 배신한 것인가?"

짧지만 장무위에게 금전적인 보상을 해 주고 빠져나왔다는 보고가 있었다.

"그건 아닌 듯합니다. 주변의 정보를 취합해 보니, 이동

하던 중에 기연 사냥꾼을 만났다고 합니다."

"기연 사냥꾼!"

"예."

난데없는 기연 사냥꾼의 등장에 위지무의 얼굴이 구겨져 버렸다.

"그럼 그자에게 모두 잡혔단 말인가! 혈기조가 포함된 일행이!"

"그, 그런 것 같습니다."

"이런 공교로울 데가 있나……. 하면 기연 사냥꾼의 정체는 확인했는가?"

위지무의 질문에 보고를 올리던 은월대주가 곤혹스러운 표정으로 입을 열었다.

"확인하지 못했습니다."

"확인하지 못했다?"

위지무가 눈을 부릅뜨며 묻자 은월대주가 씁쓸한 표정으로 입을 열었다.

"적어도 정도맹의 일원은 아닌 것으로 확인되었습니다."

"자세히 설명하도록."

"일단 기연 사냥꾼이 황금당주와 혈기조원을 사로잡은 것까지는 맞습니다만, 정도맹에 그냥 넘겨준 것은 아니었습니다."

"그럼?"

"팔았습니다."

"……."

순간 위지무는 할 말을 잃었다.

"팔아?"

"예. 협상에 난항이 있었는지 신뇌까지 오고 나서야 거래가 성사되었다고 합니다."

"미치겠군."

위지무가 어이없다는 듯 말했지만, 보고를 하는 은월대주야말로 미칠 지경이었다.

"이후 정도맹에 황금당주 일행을 팔아넘긴 기연 사냥꾼을 뒤쫓았지만……."

"종적을 놓친 건가?"

"놓친 게 아니라 걸렸습니다. 알몸으로 쫓겨 왔더군요. 마찬가지로 비슷한 시기에 알몸으로 도주해 온 정도맹 측 추적자도 확인할 수 있었습니다."

"허……."

혀를 찬 위지무가 고개를 내저었다. 그러고는 손짓으로 은월대주를 내보냈다.

한숨을 쉰 그가 밤하늘을 바라보며 한탄을 했다.

"이건 또 뭐라고 보고해야 하는가……."

시원한 공기를 맞으면서도 그는 먹먹한 가슴이 뚫리지 않는 느낌을 받았다.

그저 답답하고 답답할 따름이었다.

*　　*　　*

“없으니 살 만하구나.”

걸왕은 내상을 치유하면서 나른한 나날을 보내고 있었다.

정말로 요양다운 요양을 하고 있는 것이다.

이것도 다 장무위가 없기 때문에 누릴 수 있는 호사였다.

그는 지금 장무위의 냉찜질방에서 뒹굴고 있었다. 내상에도 탁월한 효과를 보여 주는 냉찜질방이었다.

“정말 살 것 같긴 합니다.”

“그러게요. 한 사람이 있고 없는 게 이렇게나 차이가 클 줄은 몰랐습니다.”

“존재감 하난 확실한 분이네요.”

“커흠.”

옆에서 수련을 하던 청수와 청운, 청풍도 걸왕의 말에 동의하며 한마디씩 덧붙였다. 하지만 처음 말을 꺼냈던 걸왕은 대답 없이 헛기침을 낼 뿐이었다.

그 이유는 곧 밝혀졌다.

갑자기 문이 열리며 그들의 감상에 대한 답변이 들려왔던 것이다.

"칭찬 고맙다."

"헙!"

"어헉!"

"쿨럭!"

대답을 하며 나타난 것은 바로 장무위였다.

순간 세 명의 청 자 배 제자들은 일제히 놀라거나 사레라도 걸린 듯 기침을 했다.

장무위는 등장만으로도 그들에게 엄청난 존재감을 던져 주었다.

청 자 배 제자들은 걸왕에게 원망의 눈초리를 보냈다. 그가 오고 있는 것을 왜 미리 언질해 주지 않았느냐는 의미였다.

어쩐지 자신들과 맞장구를 쳐야 할 걸왕이 대답은 않고 헛기침만 내뱉는다 싶었다.

셋은 동질감을 느끼던 상대에게서 순식간에 배신감을 느끼게 되었다.

"참 아름답다. 주인 없는 곳에서 뒷담화나 하고 말이지."

"……."

"죄, 죄송……."

"죽을죄를……."

셋은 일제히 고개를 숙이며 죽은 듯 있었다.

하지만 다행히 장무위는 그들에게 더 이상의 타박을 하지 않고 슬며시 일어나 밖으로 나가려는 걸왕의 뒤통수를 후려갈겼다.

찰싹!

"억!"

찰진 소리와 함께 걸왕의 입에서 단말마가 터져 나왔다.

"이 애미애비도 못 알아보는 놈!"

"내상 도진단 말이오!"

"떽! 아버지께 그게 무슨 망발이냐, 이 자식아. 내가 애를 낳았으면 너만 한…… 거 뭣이냐, 한 증손자나 고손자쯤 되는 거 아닌가?"

일이백 년이 아니니 더 될 것이다.

계산을 포기한 장무위가 다시 말을 이었다.

"여하간 네놈 같은 후손이 널렸을 거다."

걸왕은 울화를 참으며 말을 삼켰다.

'퍽이나. 그 성격에 장가나 갔겠다!'

걸왕의 울분에 찬 눈빛을 살포시 무시한 장무위가 자리

에 털썩 주저앉으며 입을 열었다.

"자, 아버지께서 오랜 출타 끝에 돌아오셨으니 절 한 번 해야지."

"……그, 그렇게까지."

장무위의 말에 걸왕이 당황한 시선을 보내며 옆에 있는 청 자 배 제자들을 바라보았다.

그도 체면이 있는 강호의 명숙이다.

"얘들도 다 아는걸, 뭐. 죽은 놈들 빼고는 네놈이 한 말을 다 기억할 거다. 그치?"

장무위가 느물거리며 청 자 배 제자들을 바라보았다. 그들은 장무위가 내뱉는 말의 의미를 정확히 잡아냈다.

죽은 자들을 빼고는 기억할 것이라는 그 말.

세 명의 청 자 배 제자들은 앞다투어 입을 열었다.

"분명 들었습니다."

"목숨이 경각에 달린 상황에서의 맹세 덕에 우리가 살아 있는 것 아니겠습니까?"

"맘 같아선 저도 아버지라 부르고 싶을 정돕니다!"

맨 처음은 청수였고, 그다음은 청풍이었다. 그리고 맨 마지막의 심금을 울리는 말은 청운이었다.

어차피 청운이야 장무위보다 어려 보이는 게 사실이었으니 손해 볼 것도 없었다.

그래서 지른 것이다.

"그렇다는데?"

장무위가 히죽 웃으며 다시 걸왕을 바라보았다.

그 웃음을 보며 걸왕이 설마 하는 마음으로 그를 바라보았다. 그러자 장무위가 친절하게 다시 못을 박아 주었다.

"아들아, 무릎이 안 굽혀지면 이 애비가 친히 굽혀 주랴? 단! 내가 굽혀 주면 영원히 못 피는 수가 있다."

"……."

걸왕은 절망했다.

* * *

제갈장천에 의해 싸락골의 일이 일차적으로 밝혀지면서 정도맹이 다시 한 번 발칵 뒤집혔다.

이미 한 번 뒤집어졌지만, 워낙 믿기 어려운 일이기에 반신반의하던 차였다.

약간 부풀려진 것도 있지 않을까, 하는 의심도 있었던 것이다.

하지만 보고로 온 것 이상의 전력이 집중되었다는 사실에 정도맹은 경악했다.

그와 더불어 정도맹 소속의 각 문파와 세가들은 정예들

을 소집하기 시작했다. 이쯤 되면 굳이 앞뒤 잴 이유가 없는 것이다.

전마성이 전쟁을 걸어온 것이나 마찬가지였다.

아니, 이미 전쟁은 시작되었다고 봐야 했다.

그것도 전마성의 기습으로 말이다.

다소 혼란은 있었지만, 분위기는 나쁘지 않았다.

대규모 인원을 투입한 전마성은 결론적으로 전멸이나 마찬가지인 피해를 입었다. 심지어 화경에 비견되는 극마의 고수 셋까지 포함해서 말이다.

극마의 고수 셋이 한 번에 죽임을 당한 일은 정마대전 때에도 없었던 일이었다. 게다가 이쪽의 피해라고는 개방 싸락골 분타의 인원 스물두 명이 죽은 게 전부였다.

대승도 이런 대승이 없는 것이다.

아울러 이 승리를 이끈 소요검선과 걸왕의 건재 덕분에 정도맹의 사기는 그 어느 때보다도 높아져 있었다.

*　　*　　*

정도맹주인 무당의 송도진인은 제갈장천을 마주하고 있었다.

"나까지 속이려 하진 말게."

"그건……."

송도진인의 말에 제갈장천은 말끝을 흐렸다.

"자네도 알고 있지 않은가."

"……."

"최근이지만 나도 화경을 맛보았다는 것을……."

전마성에서 갑자기 화경에 해당하는 극마급의 고수가 셋 튀어나왔다지만 그것은 이쪽도 마찬가지다.

정도맹 역시 보이지 않는 패가 있었다.

이전까지 강호 무림은 원나라 때문에 침체된 상황이었다. 그 때문에 화경의 고수 수가 그리 많지 않았던 것이다.

화경으로 올라서려면 순전히 개인적인 수양에 몰두하는 것만으로는 모자란 부분이 있기 때문이었다.

그러다가 명나라가 일어서는 과정과 또 이후 벌어진 정마대전을 겪으면서, 수많은 강호인들이 죽어 나가는 동시에 새로운 고수들이 탄생하게 되었다.

전쟁은 그 누구의 승리도 아닌 상황으로 끝을 맺었다. 전쟁을 겪은 강호인들은 각자 실전을 통해 얻었던 심득을 정리하면서 상승을 꾀했다.

송도진인 역시 지금은 정도맹주이지만 정마대전 당시에는 정도맹의 무인들을 이끌고 수많은 마도 고수들을 베었다.

당연히 그 역시 실전 속에서 심득을 얻을 수 있었고, 정도맹주라는 중책에 있으면서도 자신을 갈고닦은 끝에 화경의 위치에 올라설 수 있었다.

"그것이……."

송도진인의 말에 제갈장천은 난감한 표정을 지었다. 그러자 송도진인이 다시금 말문을 열었다.

"자네가 뭔가를 저어하는 데에는 이유가 있겠지. 하나 그것이 나에게까지 숨겨야만 할 일인지 궁금하네."

"죄송합니다."

제갈장천은 고개를 조아릴 수밖에 없었다.

그런 제갈장천에게 송도진인이 다시 말을 이었다.

"걸왕 선배나 소요검선 선배에 비하면 내가 아직 모자라다는 것을 아네. 게다가 두 분이라면 어찌어찌 극마의 고수 셋과 원로원 고수들을 상대할 수 있다는 것도 안다네. 하지만, 전마성이 바보인가? 이런 나도 아는 것을."

"……."

중요한 것은 이 부분이다.

만약 두 사람이 함께 합공을 하거나 적들을 각개격파한다면 가능한 일이다.

하지만 정도맹의 영역을 그들도 모를 정도로 은밀하게 지날 정도의 심계를 지닌 전마성 무리들이 일을 허투루 처리할 리는 없었다.

완숙한 경지에 이른 화경 고수와 화경의 끝을 바라보는 고수를 상대하는데 그냥 생각 없이 몰려갈 바보들이 아니란 의미였다.

간혹 낮은 경지의 무인들은 자신보다 강한 이들을 인정하지 않는 경우도 있지만, 화경이나 극마에 오른 이들은 상대적으로 그런 사실을 순순히 인정하곤 한다.

경지에 오른다는 것은 남들과 다른 세상을 본다는 의미이기 때문이다. 타인을 인정하지 않는 자가 실력이 오르는 경우는 매우 드물었다.

여기서 장무위는 예외다.

"자네가 말을 하지 않는다면 어쩔 수 없지."

"예?"

"앞장서게."

"매, 맹주님!"

송도진인의 말에 제갈장천이 당황했다.

하지만 송도진인은 고개를 저으며 다시 한 번 확고한 음성을 내뱉었다.

"내가 직접 만나 봐야겠네."

"아……."

제갈장천의 얼굴이 일그러졌다.

걸왕에게 하는 짓만 봐도 장무위란 인간이 어떤 인간인지 훤히 알겠는데, 여기에 송도진인까지 간다면 어떻게 될지 정말 상상하기 힘들었다.

"그편이 자네에게도 나을 걸세."

"알겠습니다."

제갈장천은 더 이상 말릴 수 없음을 알고 고개를 푹 숙였다.

그러면서도 차라리 잘 되었다는 생각을 했다. 어차피 언젠가는 밝혀질 일이었기 때문이다.

주머니 속의 송곳은 주머니를 뚫고 나오기 마련인데 장무위는 송곳 따위가 아니었다.

주머니까지 홀랑 태워 버릴 불이었다.

활활 타오르는 탐욕스러운 불.

제갈장천은 송도진인이 싸락골에 있는 동안 어떻게 해서든 장무위를 싸락골에서 안 보이게 해야겠다는 생각을 했다. 다행히 돈이면 될 것 같았다.

그때 송도진인이 제갈장천을 향해 입을 열었다.

"이참에 그도 만나 볼 것일세."

"누구…… 말입니까."

"소요검선 선배께서 친구로 삼았다던 이 말일세."

제갈장천의 얼굴이 눈에 띄게 굳어졌다.

"그, 그건!"

"장무위."

"그, 그 어르신은 왜……."

당황해하는 제갈장천에게 송도진인이 차분한 얼굴로 말을 이었다.

"소요검선 선배와 친구가 될 정도라면 당연히 뵈어야 하지 않겠는가? 난 자네가 이렇게 주저하는 이유가 바로 장무위란 이 때문이라고 생각하네만. 틀린가?"

"……죄송합니다."

역시나 대답할 수 없었다.

하지만 오히려 이것이 송도진인에게 더 확고한 대답일 수밖에 없었다.

제갈장천은 그저 별일이 일어나지 않기만 바랄 뿐이었다.

"그리고……."

"말씀하십시오."

"이번에 팔려온 전마성 장로 황금산이 매일같이 저주하는 장무위란 이가 어찌 궁금하지 않을까."

제갈장천은 한숨을 푹 쉬었다.

미친놈처럼 '장무위 죽여 버릴 거야!'를 반복하는 황금산의 기행은 정도맹의 모든 이들이 장무위란 이름 석 자를 기억할 수 있게 만들었다.

그뿐인가?

장무위란 이름 석 자 중 하나만 나오면 자다가도 벌떡 일어서서 치를 떠는데 궁금해하지 않으면 그게 더 이상한 것이다.

이제 화살은 제갈장천의 시위를 떠나 버렸다.

* * *

"아들아."

"……말 하시오."

"늬들 발 넓지?"

"그야……."

걸왕이 조심스럽게 고개를 끄덕였다.

"이것 좀 처분할 수 있겠냐?"

장무위가 뭔가를 내밀었다. 그것을 본 걸왕의 눈이 휘둥그렇게 떠졌다.

토지 문서들이었다.

언뜻 보기에도 엄청난 액수의 토지 문서로 보였다.

황제가 사는 북경 근처의 노른자위 땅부터 시작해서 제법 값나간다는 곳에 세워진 전각 등에 대한 문서들이었던 것이다.

"이……."

걸왕은 입 밖으로 나오려 하는 말을 집어삼켰다.

'이 도둑놈! 황금산이를 제대로 등쳐 먹었구나!'

놀란 것도 놀란 것이지만 정말이지 이렇게까지 탈탈 털어먹었으리라고는 상상도 하지 못했다.

기연 사냥꾼 행세하면서 황금산을 팔아먹었다는 소리를 들었을 때에는 황금산에게서 뜯어낸 게 적었거나 모자랐던 것이라고 생각했었다.

물론 우환거리를 남기지 않기 위해 한 일이라고도 판단했다.

그런데 이렇게 뜯어내고도 모자라 더 뜯어낸 것이라니…….

"허, 정말 이거 어마어마합니다."

걸왕과 함께 불려 온 청운이 얼떨떨한 표정으로 토지 문서를 바라보았다.

"일부는 네가 알아서 좀 처리해라."

"제가요?"

"한쪽에서 다 처리하면 이상하잖냐. 아참, 이것도 현금으로 좀 바꿔오고."

"저, 전표 액수가……."

또다시 밀어 놓은 것은 전표 다발이었다.

최소가 백 냥 단위인 전표들이었다. 그것도 전부 기준이 금이었다.

"억!"

"허억!"

"놀라긴."

두 사람이 놀라는 꼴을 본 장무위는 흐뭇한 미소를 지었다.

사실 자신이 받아 놓고도 얼마나 큰돈인지 감이 잘 안 왔는데 두 사람이 놀라는 모습을 보니 대충 짐작이 갔기 때문이었다.

얼떨떨한 표정을 짓던 청운이 조심스럽게 말문을 열었다.

"이건 그냥 전표로 갖고 계시는 게 좋겠습니다. 이 많은 금액을 집 안에 두신다는 건 좀……."

"불안하잖아. 홀랑 타면 어쩌라고."

불안에 떠는 장무위에게 청운이 걱정 말라는 의미로 말했다.

"그에 따른 대비책은 다 있습니다. 전장이 그렇게 허술한 곳도 아니고요."

"그래?"

"예."

한참 고민을 하던 장무위가 고개를 끄덕이며 다시 말했다.

"그래. 그건 네가 알아서 해라. 대신 이거 좀 찜찜하니까 돌려라."

"돌리다뇨?"

"거, 있잖아. 윗사람들이 돈 출처 애매하게 만드는 거."

장무위의 설명에 청운은 그가 무엇을 원하는지 바로 알아챘다.

"아! 돈세탁 말입니까?"

"그렇게 말하냐, 그걸?"

"예. 빨래 빨 듯 흔적을 지운다고 그리들 말합니다."

청운의 설명에 장무위가 환한 얼굴로 고개를 끄덕였다.

"그래, 그거 좀 해라. 일부는 쓰기 좋게 잔돈으로도 좀 바꾸고."

"알겠습니다. 그런데 이걸 처리하려면 좀…… 아버지께 말을 하긴 해야 하는데."

청운이 뭔가 미적거리자 장무위가 호탕하게 대답했다.

"삼 푼 주마!"

"가, 감사합니다!"

지금 장무위가 내민 전표만 얼핏 봐도 금자로 만 냥이 넘어갔다. 말이 삼 푼이지 여기 있는 금액의 삼 푼이면 만 냥이라고 따져도 삼백 냥이다.

금자 삼백 냥이 어딘가.

중견 상가인 청운의 본가 입장에서는 확실한 도약을 이룰 수 있는 금액이었다.

"물론 이 땅도 포함해서다. 잘 팔면 그만큼 많이 떨어지는 거 알지?"

"감사합니다! 어르신!"

청운이 넙죽 엎어지며 감격에 찬 외침을 터트렸다. 걸왕 역시 싫지는 않은 표정으로 앞에 있는 토지 문서를 집어 들었다.

"뭐, 그렇다면야……."

"넌 예외다."

"그, 그런 게 어디 있소!"

"여기 있다. 가업이잖냐, 아들아."

"그, 그런……."

순간 걸왕이 할 말을 잃었다.

그러다 문득 뭐가 생각이 났는지 말을 이었다.

"그럼 죽으면 재산 나 물려줄 거요! 아들이니까!"

"내가 너보단 오래 살 것 같은데."

"……."

순간 걸왕은 할 말을 잊었다.

그가 보기에도 외모 면에서나 경지 면에서나 장무위가 더 살면 더 살았지 자신이 더 살 것 같지는 않았다.

"더 할 말 있냐?"

"야, 양자를 들일 거요! 손자에게……."

나름 꼼수를 부리려던 걸왕에게 장무위가 주먹을 말아 쥐어 보였다.

"내게 패륜을 강요하는구나."

"……."

걸왕의 꼼수는 중단되었다. 그 모습을 보며 피식 웃음을 지은 장무위가 그의 어깨를 도닥이며 말했다.

"뭐, 너도 면이 서야 하니 똑같이 삼 푼이다."

"뒤탈 없이 처리하는 건 역시 개방이지."

기분이 좋아진 걸왕이 청운과 문서들을 나눠 챙겼다.

"흐흐흐."

장무위는 풍족해질 자신의 미래를 꿈꾸며 즐거움을 만끽했다.

다른 생각 따위는 하지 않았다.

*　　*　　*

정도맹주인 송도진인을 그의 수신호위인 무당 팔검이 뒤따르고 있었고, 그 옆으로 제갈장천과 절검대주인 제갈유, 절검대 이십여 명이 빠르게 이동하고 있었다.

"얼마나 더 가면 되는가."

송도진인의 질문에 제갈장천이 조곤조곤히 대답했다.

"이제 하루 반나절 거리만 더 가면 될 듯합니다."

"하루 반나절이라. 빨리 보고 싶구만."

"……."

제갈장천은 점점 가까워져 오는 싸락골 방향을 보며 더욱 근심이 쌓여 가는 것을 느꼈다.

* * *

"마셔! 오늘은 내가 이 집 전세 낸다!"

"우와아아아!"

장무위는 무위장의 인원들을 이끌고 싸락골에서 가장 큰 기루를 털어먹고 있었다.

"크하하하! 이 맛에 사는 거야!"

그는 제대로 놀고 있었다.

무엇이 다가오는지도 모르고 말이다.

# 第八章

# 오늘은 먹고 죽자

"오늘도 조용하네?"

걸왕은 무위장을 둘러보며 고개를 갸웃거렸다.

장무위가 돌아옴으로써 다시 무위장이 떠들썩해질 것이라 예상했는데, 생각 이상으로 조용한 나날이 계속되고 있었던 것이다.

조용한 것 자체는 좋지만 왠지 불안감부터 느끼는 걸왕이었다. 그렇게 걸왕이 무위장을 둘러보는데 뭔가를 정리하고 있는 여인이 눈에 들어왔다.

십이음녀 중 한 명인 칠녀였다.

물론 이 여인들은 자신들의 이름을 모른다.

환희음마의 대법 덕에 과거를 잊으면서 이름까지 잊었던 것이다.

그런 사실을 안 장무위가 친히 그녀들에게 이름을 지어 주었다.

일녀, 이녀, 삼녀……. 이런 식으로다가 말이다.

성의 없는 작명임이 확실했지만, 주먹이 깡패라고 생사여탈권을 가지고 있는 장무위의 생각이었기에 누구 하나 항변하지 않았다.

그리고 그녀들이 무위장에 살기로 하면서 제일 먼저 배운 것이 포기란 단어다.

그 덕인지 십이음녀는 무위장에 빠르게 적응해 나가고 있었다.

"칠녀야."

"예, 걸왕 어르신."

칠녀가 걸왕의 부름에 공손히 고개를 숙였다.

환희음마의 교육이 꽤 잘 되었는지 공손함에서도 색기가 묻어나올 정도였다. 그러면서도 장무위의 교육 때문에 순종적으로 변한 탓에 묘한 분위기가 만들어졌다.

보기에 좋다고나 할까.

그 때문인지 그녀를 부르는 걸왕의 얼굴에는 만족감이 서려 있었다.

때론 보는 것만으로도 즐거울 때가 있는 법이다.

"뭐하느냐?"

"초청장을 정리하고 있습니다."

"초청장?"

초청장이란 말에 걸왕이 고개를 갸웃거렸다.

장무위가 나름대로 싸락골 유지라면 유지기에 여기저기 잔치에 얼굴 좀 내밀어 달라는 초청이 오기는 온다.

그런데 저렇게 수북이 쌓일 정도는 아니었다.

"뭔 초청장이기에……."

의문을 가진 걸왕이 다가가 초청장을 살폈다.

"……초청장은 맞군."

걸왕이 허탈한 눈빛으로 초청장 중 하나를 들어 올렸다.

몸도 마음도 다 벗어 드립니다. 최고만을 위한 최고의 처자들이 홀딱 벗고 무위장주님을 기다립니다.

— 황금루 —

신장개업! 미친 듯이 몰려드는 여체의 향연에 숨 막혀 보신 적 있으십니까? 없다면 지금이 바로 그때입니다. 우리 향월루는 언제나 무위장주님에게 대문을 열어 놓을 것을 약속드립니다.

— 향월루 —

새벽부터 황혼까지 무위장주님을 책임지겠습니다. 대식국을 비롯한 천하 각지에서 모여든 여러 인종의 미녀들이 장주님만을 기다리고 있습니다. 색다른 재미를 찾으십니까? 만색루로 오십시오!

— 만색루 —

"……."

초청장들을 다 살핀 걸왕이 혀를 찼다.

"난 놈은 난 놈이다. 이런 초청장이 쌓일 정도니……. 이러고 놀다가 정기가 고갈되지. 아니지, 그 인간에겐 정력신공이 있었지."

걸왕이 고개를 절레절레 저으며 초청장들을 내려놓았다.

안 봐도 경극이었다.

뭔 짓 하고 다니는지 뻔했기 때문이었다.

"그럼 오늘도 이곳 중 하나로 간 게냐?"

걸왕의 질문에 칠녀가 고개를 끄덕이며 대답했다.

"예, 어르신."

"아주 노났구나."

걸왕이 혀를 차며 뒤돌아 나왔다.

그러고는 투덜거렸다.

"그래도 미운 정이 있지 나를 빼고 지들끼리만……."

왠지 부러움이 더 큰 걸왕이었다.

* * *

"캬하하하!"

앞섶을 풀어헤친 장무위가 술병을 들고 술상 위에 올라가 요망스런 춤을 추고 있었다.

그 주변으로는 거의 벌거벗은 기녀들이 꺅꺅거리며 환호성을 질러대고 있었다.

근처에는 막우와 광저 그리고 무위장의 수하들이 기녀를 하나씩 끼고 술을 먹고 있었다. 마냥 즐거워하는 장무위와는 달리 그들의 표정은 점차 무거워져만 갔다.

그 기색을 느꼈는지 장무위가 춤을 추다 말고 내려와 물었다.

"표정들이 왜 이리 썩었어? 여기 별로냐? 난 괜찮은 것 같은데."

장무위의 말에 막우가 쓴웃음을 지으며 대답했다.

"별로긴요. 우리 주제에 장주님 아니었으면 이런 곳 구경이나 해 봤겠습니까?"

"그런데 그 표정들은 뭐냐? 다들 죽상을 하고."

장무위의 질문에 막우가 주변을 돌아보았다. 얼큰하게들 취해 있었지만 수하들의 표정은 하나같이 무거워 보였다.

심지어 생각 없기로 유명한 광저까지 얼굴에 걱정이 그대로 드러나 있었다.

"이런……."

그들을 둘러본 막우의 입가에 더욱 쓰디쓴 미소가 걸렸다. 그 미소를 본 장무위가 기녀들에게 손짓했다.

그러자 조금 심각한 분위기라는 것을 눈치로 알아챈 기녀들이 주섬주섬 옷가지를 챙겨 가지고 밖으로 나갔다.

"뭐냐? 말 좀 해 봐라. 표정이 꼭 한 달은 똥 못 눈 놈들같이 해 가지고선."

"걱정이 안 되십니까요?"

장무위의 말에 광저가 조심스럽게 물어왔다. 광저의 질문에 장무위가 고개를 갸웃거리다가 대답했다.

"뭔 걱정."

"그냥 이것저것 말입니다요."

광저는 요즘 들어 점점 불안감에 시달리기 시작했다.

처음 장무위를 따라 기루를 돌며 술을 마실 때까지만 해도 좋다고 쫓아다녔다.

그랬는데 그게 하루가 이틀이 되고 이틀이 일주일을 지나 거의 보름 이상 지속되자 불안감이 스멀거리며 올라오기 시작한 것이다.

"이것저것?"

광저의 걱정을 모르겠다는 듯 장무위가 고개를 갸웃거렸다. 그러자 막우가 씁쓰레한 미소를 머금고 입을 열었다.

"장주님이야 워낙에 강하시니까 마음 편하시겠지만 저희야 어디 그렇습니까."

"응?"

"바로 얼마 전에 이백도 넘게 싸락골에서 죽어 나갔습니다. 저희는 장주님 덕에 미리 피할 수 있었지만, 싸락골 분타의 개방도들이 몰살당한 것만 해도……."

"으음."

막우가 제대로 말을 잇지 못하고 얼버무렸지만 그가 무슨 말을 하려는지는 충분히 알 수 있었다.

장무위가 머리를 긁적였다.

딱히 뭐라 할 말이 없었던 것이다.

그는 그저 익숙하게 해 오던 일을 반복했던 것뿐이다. 한 번의 전투가 끝나면 다음 전투까지 즐기면 되었다.

그의 삶에 평화란 없었기 때문이었다.

게다가 옛날과는 달리 돈도 넉넉히 있겠다, 요즘은 정말 살맛 난다고 생각했다.

그런데 막우와 광저의 말을 들으니 또 다르게 느껴졌다.

옛날 전투가 끝나고 이겼을 때, 마을을 털어 전리품으로 얻은 술을 먹으면서도 불안했던 기억이 조금이지만 되살아났다.

그때는 내일이 없었기에 그냥 불안해도 마시고 놀았다. 그렇게 하지 않으면 그런 짧은 즐거움마저 두 번 다시 누리지 못할 것을 알았기 때문이었다.

패배한 쪽에 서기라도 하면 죽도록 고생하고 도망쳐야만 했으니까.

그런데 지금 이들은 그때의 자신과 달랐다.

사실 계속되는 전투를 걱정할 필요도 없던 삶들이었고, 내일을 계산하며 살 수 없는 삶도 아니었다.

충분히 내일을 누릴 수 있는 세상에 살고 있는 이들이었던 것이다.

"쯧. 그런 건가."

그들은 불안한 것이다.

자신이야 이런 생활을 반복해 왔다지만 이들이야 어디 그렇겠는가.

장무위가 머리를 긁적이며 중얼거렸다.

"아, 이거 올챙이 개구리 적 생각 못 한다더니……."

"반대입니다요, 장주 형님."

"아, 그렇지. 어쨌든……."

광저가 조심스럽게 지적을 해 주자 고개를 끄덕이며 장무위가 주변을 둘러보았다.

다들 장무위만을 바라보고 있었다.

그들을 본 장무위가 입을 열었다.

"쯧, 겨우 기백 죽어 나갔다고 벌벌 떨긴."

장무위가 핀잔을 주자 광저를 비롯한 흑도들이 차마 입 밖으로 꺼내지 못할 말을 일제히 속으로 쏟아내었다.

'그 기백을 혼자 다 죽인 양반하고 우리랑 같습디까!'

그들을 보며 장무위가 다시 말을 이었다.

"이번이 마지막이다."

"예?"

"이번만 진탕 놀고 우리도 내일이라는 걸 준비하자는 거야. 까짓거, 오늘 안 놀면 그것도 손해다."

장무위의 말에 조금이지만 얼굴들이 펴졌다.

"그래, 그거야. 니들이 언제부터 내일을 걱정했다고 죽상이냐."

"그건 그렇습니다만."

"그럼 그렇게 알고 계집들 다시 부른……."

잠시 말을 하려던 장무위가 고개를 갸웃거리다가 뭔가 결심한 듯 밖으로 나갔다. 그리고 외쳤다.

"총관 오라고 해!"

"예! 무위장주 어르신, 벌써부터 대기하고 있었습니다. 우리 애들이 뭔가 잘못이라도 했습니까요?"

기녀들이 우르르 몰려나오자 걱정이 됐는지 기루의 총관이 진작 문밖에 대기하고 있었다.

"잘못했지!"

"어이쿠! 말씀만 하십시오, 제가 성심성의껏 모시겠습니다요."

총관이 땀을 삘삘 흘리며 머리를 조아리자 장무위가 호통을 쳤다.

"모자라!"

"예?"

"술, 계집, 악단, 춤추는 애들! 전부 모자라!"

"예?"

총관은 알 수가 없었다.

이 안에 들어온 기녀들만 해도 서른이 넘었다. 스물이 안 되는 인원들에게 서른 명이면 충분하다고 느꼈기 때문이었다.

약간은 당황한 표정을 짓는 총관에게 장무위가 전표를

뿌리며 외쳤다.

"다 데려와! 오늘 여기 기둥, 내가 다 뽑아 버린다!"

"예에?"

"귓구녕 막혔어! 오늘 내가 여기 전세 낸다고!"

"무……."

눈이 휘둥그레진 총관이 입을 쩍 벌렸다. 그리고 떨리는 입술을 열었다.

"무, 무위장주님, 성심성의껏 뫼시겠습니다! 야! 만복아! 문 걸어 잠가라! 오늘 장사 여기서 끝이다! 아니, 시작이다!"

"크하하핫!"

"그리고 술, 음식 전부 새것으로 꺼내 와! 계집들도 꽃단장하고 전부 튀어 나오라고 해! 이 환월루, 오늘 제대로 손님을 모실 것이야!"

총관이 호탕하게 외치자 장무위가 다시 전표를 뿌리며 외쳤다.

"크하하! 오늘 전설을 만들자꾸나!"

장무위의 호탕한 웃음이 환월루를 가득 메웠다.

그 모습을 보며 막우와 광저가 허탈하게 웃었다.

"참 대단하긴 대단한 양반이지요, 형님?"

"그래. 정말 우리 대가리로는 이해하기 힘든 양반이다."

"느그들!"

장무위가 뒤를 휙 돌아보았다. 그러자 막우와 광저 그리고 그 수하들이 일제히 대답했다.

"예!"

"오늘 못 노는 새끼들은 내일도 없는 거다!"

"예!"

"미친 듯 놀자! 그리고 기억해!"

"예?"

장무위의 외침에 막우와 광저 등 수하들이 눈을 동그랗게 뜨며 어리둥절한 표정을 짓자 장무위가 히죽 웃으며 말했다.

"살아남으면 이런 일이 계속된다는 것! 오늘은 끝이 아니라 다시 또 시작이라는 것!"

"오오오오!"

"먹고 마시고 놀자!"

장무위의 외침에 수하들이 열렬히 반응했다.

"와아아아아!"

그 모습을 본 막우가 허탈한 표정으로 중얼거렸다.

"이렇게 애들을 매수하시는구나."

"그러게요."

아마도 이들은 이 날을 잊지 못할 것이다.

또다시 이런 날을 위해 열심히 버둥거릴 것이다.

장무위는 그것을 이들에게 각인시킨 것이다.

장무위와 그 일당들이 무위장으로 돌아온 건 그로부터 사흘 후였다.

"허, 아주 눈 밑이 시커멓구나."

담벼락에 앉아서 볕을 쬐던 걸왕의 첫 감상이었다. 그의 말대로 장무위를 제외한 나머지 일당들의 눈 밑이 시커멓게 변해 있었다.

"아주 작정을 하고 놀았구만."

걸왕은 혀를 차면서도 마음 한쪽에서는 부러움을 느꼈다.

그들이 광란의 잔치를 벌인 곳은 싸락골이 아닌 옆 마을이었지만, 그 소문은 싸락골을 시작해 동정호 변을 온통 휩쓸었다.

정력신마와 그 수하들이 기루 하나를 작살내고 있다는 소문이었다.

누가 들으면 사파의 무리들이 작정하고 난리라도 피우는 줄 알 것이다.

물론 하는 짓으로만 본다면 사파나 마도도 저리 가라고 할 정도라고 생각하는 걸왕이었다.

"짐승들."

잠시 물을 길러 나왔던 송화가 멀리서 올라오고 있는 장무위 일당들을 보고 얼굴을 찡그리며 들어갔다.

그녀 역시 귀가 있었다.

이렇게 또다시 화류계에 전설로 남을 짓거리를 한 장무위는 위풍당당하게 무위장으로 되돌아왔다.

물론 막우와 광저 그리고 나머지 일당들은 온몸의 힘을 다 빼서 썼는지 휘청거렸다. 그나마 막우와 광저 그리고 칼새는 다른 수하들보단 나았다.

그들은 적어도 정력신마의 적전 제자들이었기 때문이다. 그 화후가 장무위에 미치지는 못하지만 그 효과를 톡톡히 보았기에 그나마 상태가 나았다.

물론 말 그대로 그나마다.

정말 세상 끝나는 것처럼 놀았기에 그들 역시 정상은 아니었다.

세상의 명주란 명주부터 시작해서 온갖 산해진미까지 먹어가며 횡음을 일삼았으니 정상일 리는 없었다.

그래도 그들의 표정은 밝았다.

죽어도 여한이 없다는 생각이 들 정도로 놀았기 때문이었다.

어디 돈 많은 양반들처럼 배 한 척을 물에 띄우고 놀거나 하지는 않았지만 흑도들이 할 수 있는 최고의 경험을 하지 않았는가.

그 때문인지 초췌한 몰골과는 달리 그들의 눈은 빛나고 있었다.

이 또한 또 다른 시작을 의미하는 것이라는 장무위의 말을 기억하고 있었기 때문이었다.

장무위가 무위장 안으로 들어갈 때까지 벽 보고 조는 척을 하던 걸왕이 그가 시비를 걸지 않고 들어가자, 막우와 광저를 보며 혀를 차기 시작했다.

"쯧쯧, 그러다 뼈 삭는다."

"훗. 어르신, 그런 말씀 마십시오. 무공의 끝을 보고 오는 길입니다."

걸왕의 핀잔에 광저가 히죽 웃으며 대꾸했다.

"뭔 무공? 아주 전 동정호를 진탕할 정도로 소문이 떠돌았구만."

"벌써 말입니까?"

"쯧, 정력신마와 그 일당들 이야기는 아마도 동정호 변의 전설이 될 거다. 그런데 무슨 놈의 무공이야."

걸왕의 핀잔에 광저가 얼굴을 굳히며 한 자 한 자 또박또박 말했다.

"정. 력. 신. 공!"

"……."

그 한마디에 걸왕의 얼굴이 확 구겨졌다.

일단 그것도 무공이라면 무공은 맞았다.

희대의 괴공이지만 그 무공으로 환희음마의 색공도 방어해 낸 것으로 보아 오로지 그것만을 위한 것이 아니라는 사실도 밝혀졌고 말이다.

물론 그건 원래 목표에 비하면 부수적인 효과이지만 말이다.

"자랑이다."

"자랑 맞습니다. 이거 안 써 봤으면 모릅니다. 흐흐흐!"

"그건 그렇습니다. 어르신."

"죽이지요!"

막우와 칼새가 떠벌떠벌 한마디씩 덧붙였다. 그 뒤로 겨우 걸어 올라온 막가파 인원들이 일제히 허리를 숙이며 외쳤다.

"형님들 존경스럽습니다!"

"오냐!"

"……."

걸왕은 그 꼴을 보며 다시 배가 아파 오기 시작했다. 그리고 진심으로 고민하기 시작했다.

'땅 팔아 주고 떨어지는 것도 많은데 이참에 사서 배울

까?'

정말 고민이 되었다.

"소문 들었네."

"으하하하!"

장원 내에서 맞이한 소요검선의 말에 장무위는 호탕한 웃음을 터트렸다. 그의 웃음을 보며 소요검선은 못 말린다는 표정으로 말했다.

"그리 사는 것도 대단하긴 하구먼."

"부러우면 다음에는 데려가 줄게."

"이 나이에 그러면 욕먹네."

"너보단 내가 몇 배는 더 먹었다."

장무위의 말에 소요검선이 허허 웃으며 대답했다.

"그건 우리만 아는 사실 아닌가."

"그도 그러네. 하여간 명숙이란 거 할 게 못 돼. 이거 재고 저거 재고 살아야 하잖아."

"허허허, 맞는 말일세. 그런 면에서는 자네가 부러우이. 그런데 말일세."

"응?"

"이제는 무엇을 할 건가."

소요검선의 질문에 장무위가 곰곰이 생각하더니 대답을

내놓았다.

“애들 좀 건사해야지.”

“애들이라면 저들 말인가?”

소요검선이 고갯짓을 했다.

그곳에는 막우와 광저 일당들이 막 무위장 안으로 들어서고 있었다.

“그래. 애들 얼굴이 시커멓게 죽어 가지고선 똥줄 태우고 있기에 좀 신경 써 주기로 했지.”

장무위의 말에 소요검선은 고개를 끄덕였다.

무리도 아니었다.

하루 이틀은 장무위가 이룬 업적에 덩달아 취해 마치 자신들이 한 것처럼 떠들고 놀았을지도 모르나, 슬슬 그가 얼마나 엄청난 짓을 했는지 알 때도 됐다.

아마도 불안할 것이다.

그들과 장무위는 사는 세상 자체가 다른데 함께하고 있으니 말이다.

“그렇군. 좋은 생각일세.”

“그래, 내 생각도 그래. 그래서 애들 마음이라도 좀 편하게 해 주려고.”

“어찌 말인가?”

소요검선의 질문에 장무위가 머리를 긁적이더니 갑자기

손짓을 하며 이제 막 들어온 일행들을 불렀다.

"야, 모여 봐."

"옙! 무위장주 형님!"

장무위의 손짓에 막우와 광저를 비롯한 흑도들이 우르르 몰려왔다. 언제 다리에 힘이 빠졌냐는 듯 재빠른 모습이었다.

역시 뿌린 만큼 거두는 모양이다.

"뭐, 어차피 할 거 지금 하자."

"지금 말입니까?"

막우가 멍한 표정을 지었다.

장무위가 책임진다 했으니 무공을 손봐 줄 것이라 생각했다. 그런데 그러기에는 지금 상태들이 썩 좋지는 않았다.

"별거 아냐. 며칠 쉬면서 고민 좀 하라고."

장무위의 말에 막우는 물론 뒤의 수하들이 의문스런 표정을 지었다. 대체 무슨 고민을 하라는지 알 수 없었기 때문이었다.

"삼 일의 시간을 줄 테니 잘 생각해라."

장무위가 덤덤하게 말했다.

그러자 막우가 조심스럽게 한 걸음 나서며 물었다.

"뭘 말입니까?"

"은퇴할 사람?"

뜬금없는 이야기에 막우는 물론 광저와 수하들이 눈을 휘둥그렇게 떴다.

"예?"

"말 그대로다. 적당한 가게 하나 내 달라면 내주고, 밭을 일구겠다면 땅뙈기 좀 사서 주마. 속 편히 살 놈 있으면 말해라."

"혀, 형님?"

"그게 무슨 말씀이십니까?"

막우는 물론 광저도 얼떨떨한 표정으로 되물어 왔다.

그들만이 아니었다.

소요검선 또한 그의 말에 놀란 눈치였다.

"뭔 말이긴. 좋은 말이지."

피식 웃음을 흘린 장무위가 눈앞에 서 있는 이들을 둘러보며 다시 말을 이었다.

"내가 제일 부러워하는 삶이 마누라랑 애새끼들 데리고 오순도순 사는 거다. 물론 다들 나름대로 생각이 있겠지만, 그게 최고라 본다."

의외의 말이었다.

맨날 하는 짓이라곤 술 먹고 계집질에 도박 등 한량처럼 살아가는 장무위의 입에서 나오는 말치고는 너무도 정상적이었다.

그렇기에 더욱 현실감이 느껴지지 않았다.

"뭐, 나야 그렇게 살려고 했는데 그게 또 쉽지가 않아. 알잖아, 내 성격."

"그야……."

장무위의 말에 막우를 비롯해 광저와 수하들이 고개를 끄덕였다.

그들이 어떻게 만났는지를 떠올리기만 해도 딱 답이 나왔다. 그들에게 장무위가 다시 말을 이었다.

"그런데 난 좀 하잖냐. 대충 한량처럼 살고 사고 좀 쳐도 통할 실력인 걸 알았으니 맘대로 살긴 한다만, 니들은 말 그대로 훅 불면 날아가는 인생들이다."

적나라한 비유지만 장무위가 말하니 당연하게만 들려왔다.

너무도 당연해서 며칠간 광란의 시간을 보내며 묻어 두었던 불안감이 다시금 스멀거리며 올라오기 시작했다.

"그래서 하는 말이다. 빠질 놈은 빠져라. 나중에 후회하지 말고. 뭐, 개방에서 알아서 처리했다지만, 내 기억에 영원한 비밀은 없는 법 같다."

"……."

이어진 장무위의 말에 흑도들은 고개를 떨어뜨렸다.

잠시지만 장무위를 따라 강호의 고수로 날려 볼까 하는

생각을 하기도 했고, 혹은 옆에 잘만 붙어 있으면 이번처럼 뭔가 떨어질까 좋은 쪽으로 생각했던 그들이었다.

하지만 장무위의 말을 듣고 보니 저번 왕곰파의 습격 때 죽어 나간 이들의 모습과 또 이번에 장무위의 손에 죽어 나간 전마성 무사들의 모습이 겹쳐졌다.

그때 광저가 한 걸음 나서며 호탕하게 외쳤다.

"대사부 장주 형님! 왜 이러십니까! 저 광접니다! 광저! 형님 은혜 생각한다면 말도 안 되지요! 저 어디 안 갑니다! 죽어도 형님이랑 죽고 살아도 형님이랑 살 겁니다!"

"뭐, 네 생각은 알았다만, 사는 건 함께 살아 줄 테니 죽을 땐 너 혼자 죽으렴."

"끙. 어쨌든 형님, 절대 배신은 없을 겁니다요. 그렇지!"

"아, 그, 그럼요!"

"예! 암요."

"그렇……지요."

몇몇은 호탕하게 대답을 했지만 몇몇은 주저하는 모습이 눈에 선명했다.

그 모습에 광저가 인상을 쓰며 목소리를 높였다.

"이 새끼들이 대답이 왜 이래! 엉!"

"그만해라, 광저야."

그때 광저를 말린 것은 막우였다.

그의 표정은 수하들만큼이나 복잡해져 있었다. 그의 표정을 본 광저가 얼떨떨한 표정으로 입을 열었다.

"형님?"

"장주님 배려에 감사드립니다. 애들더러 숙고하라고 하겠습니다. 그 범주에 저도 포함되는 겁니까?"

막우가 조심스럽게 묻자 장무위가 당연하다는 듯 고개를 끄덕였다.

"너도다."

"감사합니다."

막우가 덤덤히 고개를 숙이며 장무위에게 감사를 표했다. 그 모습에 광저가 얼빠진 얼굴로 그를 불렀다.

"형니임……."

광저의 부름을 외면하며 막우가 뒤돌아선 뒤 말했다.

"나중에 이야기하자꾸나."

그의 등은 그 어떤 때보다도 힘이 없었고 복잡하게만 보였다.

第九章

# 각자의 선택

"형님! 어째서 그러신 겁니까요!"

광저가 벌게진 얼굴로 막우를 다그쳤다.

지금 그들은 장무위 앞에서 물러나 따로 자리를 하고 있었다.

"목소리 낮춰라. 귀 안 먹었다."

"이건 배신입니다!"

"너……."

광저가 언급한 배신이란 말에 막우가 눈을 부릅뜨고 그를 바라보았다.

하지만 광저는 지지 않겠다는 듯 눈을 부라리며 막우를

마주 바라보고 있었다.

그런 광저의 눈을 보던 막우가 시선을 떨어트리며 피식 하고 웃음을 흘렸다.

"그러고 보니 예전에 우리 흑사파 분타에서 애들 나갈 때 모질게 군 게 미안하게만 느껴지는구나."

"형님, 지금 그게 변명이라도 된단 말이우!"

"변명 아니다. 정말 미안해서다."

"어째서 그런 소리를 한 겁니까요."

"주변을 봐라."

막우의 말에 광저가 씩씩거리며 주변을 돌아보았다. 다들 광저와 막우의 눈치만 보고 있었다. 그 모습을 본 광저가 다시 열이 솟구치는지 이를 악물었다.

"이 새끼들이! 싸움에 진 개 꼬라질 하고선!"

"그만해라."

"뭘 그만합니까!"

"아직 네놈이 날 형님으로 생각한다면 말이다."

"크윽!"

막우의 말에 광저는 분기를 삼켰다.

그가 아는 막우는 현명한 사람이었다.

비록 흑도지만 한 번도 잘못된 선택을 하지 않았다.

장무위를 건드린 것 빼고 말이다.

최소한 수하들에 관해서는 언제나 가장 좋은 생각을 만들어 내던 이가 막우였다.

그래서 일단 듣기로 했다.

"아까 물어보셨지요? 주변을 보라고요. 제 주변에는 어디 도망갈 구석이라도 있는지 이리저리 살피는 쥐새끼들밖에 없습니다요."

광저는 두 눈을 부릅뜨고 막우에게 대답했다.

마치 그 쥐새끼들 중에는 막우도 끼어 있다고 말하고 싶은 듯한 얼굴이었다.

"너 왜 흑도가 됐냐."

뜬금없는 막우의 질문에 광저가 퉁명스럽게 대답했다.

"싸락골 절대 고수라 불리던 이 몸이 웅지 좀 펼쳐 보고자 되었지요."

"그래서 웅지 좀 펼쳤냐?"

"끙."

"결국 어렸을 때 맛난 거 사 주던 어르신들 등쳐먹는 흑도밖에 더 됐냐?"

막우의 말에 광저가 대꾸를 하지 못했다.

비록 지금은 아니라지만 그 말이 완전히 틀리지는 않았다.

"그래도 나름 지킬 것은 지켰잖수. 보호세도 많이 안 걷고…….”

“맞아. 흑도 짓 해서 최대한 할 수 있는 게 그거다.”

막우의 말에 광저는 더 이상 항변할 수 없었다.

“칼새, 넌?”

“저야 하다 보니…….”

“그래. 넌 원래 구걸하다가 들어왔지?”

“그렇죠, 뭐.”

그 때문에 칼새가 개방의 취면개와도 친했던 것이다.

“넌?”

“저야 그냥저냥 배운 게 주먹질이라…….”

막우는 주변에 있는 수하들에게 돌아가며 질문했다.

대답은 그리 다르지 않았다.

어쩌다 보니, 막살다 보니, 먹고 살려다 보니…….

그렇게 굴러들어온 게 이 바닥이었다.

막우가 다시 광저를 바라보며 말했다.

“알겠냐? 이 중에 하고 싶어서 흑도 짓 한 놈들은 아무도 없다는 거.”

막우의 말에 광저는 숙였던 고개를 들었다.

“그래서 이젠 흑도 짓 다 때려치우겠다는 거요, 형님?”

“때려치울 수 있으면 해야지.”

“형님!”

"나도 흑도 짓만 하는 거면 계속한다. 그런데 우리가 지금 흑도냐?"

"……."

아니다.

이전처럼 상인들 보호하고 여기저기 기웃거리며 어깨에 힘은 주지만 흑도라 보기에는 애매했다.

가끔 주루의 취객이나 관리하고 다른 동네의 흑도들이 진입하지 못하게 하는 것은 변함없지만 그것으로 먹고사는 건 아니다.

보호세도 없어졌다.

장무위가 다달이 나눠 주는 돈만 해도 충분했기 때문이었다. 받아 봐야 주루 등에서 일 좀 봐 주고 고맙다고 받는 돈푼이 다였다.

그 덕에 요즘은 상인들이 그들만 나타나면 칭송했다.

그 맛에 요즘 살고 있었다. 그런데 이건 흑도의 삶이 아니다.

막우가 다시 말을 이었다.

"흑도의 삶이 좋다는 게 아니다. 오히려 지금처럼 사는 게 나도 좋다. 남 돈 뜯어먹으며 살 필요 없고 지나가면 동네 사람들이 추켜세워 주고. 참 살 만하다. 그런데 말이다."

"……."

"그건 우리 힘이 아니다."

막우의 말에 광저는 고개를 다시 떨어트렸다.

호가호위.

장무위란 절대 고수를 등에 업은 망나니들의 착한 짓에 불과했다.

"아까 장주님이 말했지? 영원한 비밀은 없다고."

"예."

"만약 장주님이 안 계신 때에 이번처럼 일이 벌어지면?"

막우의 말에 광저가 발끈하며 대답했다.

"싸워야지요!"

"싸우면 이길 자신은 있고? 왕곰파도 절절매는 우리가?"

"이제는 왕곰파가 와도 문제없잖습니까!"

맞다.

많이 늘었다. 장무위 덕에, 그리고 틈틈이 현도가 지도해 준 덕에 많이 늘었다.

흑도치고는 제법 할 줄 아는 실력이다. 어디 가서 칼 밥 벌어먹고 살 정도는 되었다.

"다음에 올 놈들은 왕곰파가 아니다."

"그……."

광저가 또다시 할 말을 잊었다.

"고수가 거저 되는 게 아니란 건 네가 알고 내가 안다. 그나마 이 정도도 장주님이 준 영단 아니었으면 꿈도 못 꾸는 거다. 손짓 발짓이라도 안 가르쳐 줬으면, 절대 이룰 수 없는 거다."

"더 가르쳐 주신다잖아요!"

"그래서 전부 고수가 된다던? 아니, 고수가 될 때까지 놈들이 기다려 준다던?"

"에이씨……."

쾅!

구구절절이 맞는 말뿐이기에 광저는 대꾸를 못 하고 방바닥만 두드릴 뿐이었다.

그런 광저를 두고 막우가 천천히 일어섰다.

"잘들 고민해라. 이젠 흑도가 아니다. 흑도 짓 하기 전에 꾸었던 꿈들 잘 생각해 봐라. 어설프게 남아서 피 보지 말고. 장 어르신은……."

잠시 주저하던 막우가 다시 말을 이었다.

"기회만 주지 우리를 건사해 주실 생각은 없는 분이다. 아니, 지금 이 기회를 준 것만 해도 우린 사실 감사해야 한다. 우린 지금…… 짐 덩어리다."

그 말을 끝으로 막우가 먼저 방을 나섰다.

광저는 그런 그를 향해 무어라 말을 할 수가 없었다. 막우의 마지막 말이 너무도 가슴 아프게 다가왔기 때문이었다.

그의 말이 맞았다.

지금 그들은 짐 덩어리들이다.

장무위의 곁에 서서 호가호위하는…….

* * *

사방이 어두운 밤하늘에 커다란 달과 수많은 별들이 세상을 비추고 있었다.

그 아래에 무위장도 잠든 듯 고요히 있었다.

그 지붕 위, 밤하늘과 맞닿은 곳에 장무위가 누워 있었다.

그 옆으로 소요검선과 걸왕이 조용히 내려섰다.

"조심해, 지붕 꺼지니까."

장무위의 핀잔에 걸왕이 불퉁거렸다.

"지붕 내려앉으면 화경 고수란 꼬리표를 떼야지……. 안 그렇소, 소요 선배."

"허허허."

말은 장무위가 했지만, 소요검선에게 대답을 하는 걸왕

이었다.

그런 걸왕의 대꾸에 소요검선이 허허 웃음을 흘리며 그의 말이 틀리지 않음을 보여주듯 지붕 위를 가뿐하게 걸어 장무위의 곁으로 다가왔다.

"또 술인 겐가?"

장무위의 곁에는 술병이, 아니 술 단지가 놓여 있었다. 그의 옆에 소요검선과 걸왕이 엉덩이를 걸치며 앉았다.

소요검선이 술 단지를 슬쩍 보며 말했다.

"나도 한잔함세."

"뭐, 나쁠 거 없지."

"나도 한 잔 떠 주시오……. 소요 선배."

이번에도 걸왕은 소요검선에게 말을 걸었다. 그러고는 장무위를 슬쩍 바라보았다.

다행히 무어라 하지는 않았다.

"그런 말을 할 줄은 몰랐네."

"뭐가?"

"오늘 잠 못 이루는 젊은 아해들에게 한 말 말일세. 다들 생각이 많은지 뒤척이고들 있구먼."

"……."

소요검선의 말에 장무위는 가타부타 말을 하지 않았다. 그저 술잔으로 단지의 술을 떠서 입에 가져갈 뿐이었다.

그런 장무위를 보며 걸왕이 소요검선에게 질문을 했다.

"왜 그런 말을 한 거랍디까? 소요 선배."

"글쎄. 난 모르겠네만……."

이번에도 장무위에게 갈 질문이 한 바퀴 돌아서 왔다.

"전쟁을 하다 보면 말이야……."

입가에 흘러내린 술을 닦으며 장무위가 입을 열었다.

"제일 먼저 죽어 나가는 놈들은 어설픈 놈들뿐이란 말이지. 그런데 뭐 막 들어와서 전투 나갔다가 뒤지면야 별로 신경 쓰이질 않아."

"하긴 그건 그렇겠군. 친우도 아니니 말이야."

"그래. 그런데 이 전쟁이라는 게 계속 전투만 하는 건 아니거든. 하릴없이 시간 때우는 것도 꽤 길단 말이지."

"허허, 그건 또 그렇군."

"그런데 빌어먹게도 그 시간을 보내면 새로 들어온 어설픈 놈들 중에 꽤 정이 가는 경우가 있단 말이야."

"그런가?"

"그래. 그래 봐야 엄청난 시간을 보내는 건 아닌데, 꼭 전쟁터 끌려온 놈들은 감상적인 놈들이 많아. 미주알고주알 어떻게 살았느니, 또 고향에는 누가 있느니 떠들면서 말이야."

"허허, 내일을 모르니 그럴 수도 있지 않은가?"

"뭐, 그럴 거야. 누군가 이야기를 들어 주길 바라는 놈들은 또 왜 그리 많은지."

장무위의 말을 듣던 걸왕이 퉁명스럽게 말했다.

"듣기 싫으면 듣지 않으면 되는 거지……. 안 그렇소, 소요 선배?"

"그건 그렇군. 애써 들을 필요는 없지 않은가?"

"맞아. 그럴 필요는 없는데 전쟁터라는 데가 좀 삭막해? 할 게 없다는 거지. 뭐, 높으신 양반들이야 그 상황에서도 계집도 부르고 악사도 불러 가며 시간을 때우지만 말이지."

"그렇군."

"그러다 보면 듣게 되지."

"허허……."

"그리고 후회해. 들은 걸 말이야."

장무위의 말에 소요검선이 물었다.

"들으면서 후회한다는 말인가?"

"아니."

장무위가 다시 술 단지에서 술 한 잔을 떠올려 입가에 가져갔다.

주르륵.

또다시 술이 입가를 적시고 턱으로 방울져 떨어졌다. 그리고 아까처럼 흐른 술을 한 손으로 스윽 닦으며 말했다.

"전투가 끝나고 주절대던 놈이 돌아오지 못했을 때 말이야. 그때가 후회가 남을 때야."

"……."

소요검선은 더 웃지 않았다.

장무위의 음성이 달빛 아래에 잔잔하게 번져 나갔다.

"너무 오래 알았어. 놈들을……."

그리고 또다시 이어진 쓸쓸함.

"내가 또 후회할 짓을 한 거지."

장무위가 벌렁 드러누웠다.

"병신같이……."

장무위는 달을 보았다.

아니, 달 너머의 기억나지도 않는 사연들을 보았다.

몇백 년도 더 지난 기억을 보았다.

헤아릴 수 없는 많은 후회를 보았다.

그리고 소요검선과 걸왕은 장무위에게서 피어오른 한줄기 따스함을 보았다.

*　　*　　*

장무위가 고민해 보라 한 기간이 지났다.

그 시간 동안 무위장은 유난히도 조용했다. 다들 건장한 사내들인 데다 목소리 역시 괄괄한 이들이었기에 평소의 무위장은 항상 떠들썩했다.

그랬던 이들이 마치 약속이라도 한 것처럼 전부 입을 다 물고 다녔으니 조용한 것이 당연했다.

장무위 앞에는 열여섯 명의 인원들이 서 있었다.

왕곰파의 습격 때 죽거나 다치고 해서 조금 빠지고, 이후 원행을 갔던 인원들이 다시 합류하고 하면서 정돈된 인원이 이 인원이었다.

이들을 제외한다면 무위장에 남는 사람은 십이음녀와 송화네가 전부였다.

원래는 들어와 있던 기녀들도 있었지만 전마성의 습격 이후 전부 이곳을 그만두고 나갔다.

아무리 그녀들이 산전수전 다 겪은 이들이라지만 이번 일은 그 수준을 넘어서는 사건이었기 때문이었다.

십이음녀들을 받아들인 것은 그녀들의 빈자리를 채우기 위함이기도 했다.

물론 십이음녀들이 갈 곳이 없다는 것도 이유이긴 했다.

어차피 소모품으로 키워진 인생, 전마성으로 돌아갈 수도 없고 그렇다고 어딜 가서 정착할 수도 없었다.

장무위나 되니까 그녀들이 이곳에서나마 살 수 있는 것

이지, 이곳을 나간다면 그녀들은 정도맹에 어떠한 짓을 당할지 모르는 일이다.

환희음마의 무공을 연구하기 위한 희생양이 될 수도 있었고, 그게 아니라면 공을 노리는 정도맹 중소 방파의 먹잇감이 될 수도 있었다.

그렇기에 그녀들에게는 이곳에 있는 것이 최선의 선택이었다.

송화 역시 고민을 안 할 수가 없었다.

이제 돈도 모을 만큼 모았기에 어디든 정착하려고만 한다면 못 할 것도 없었다.

하지만 그녀는 의외로 남아 있는 쪽을 택했다.

그녀 역시 많은 고민을 해 보았지만, 이쪽이 최선임을 알았기 때문이었다.

막우들을 제외한다면 가장 오래, 그리고 가장 밀접하게 장무위와 교류한 게 그녀와 동생들이었다.

무슨 일이 벌어진다면 소요검선의 손녀가 노림을 당했듯이 그녀나 그녀의 동생들이 노림을 당할 수 있다고 생각한 것이다.

그럴 바에야 장무위의 그늘 밑에 있는 게 최선이라는 결론이었다.

물론 지나친 걱정일 수도 있었다.

하지만, 아예 가능성이 없는 이야기도 아니었기에 위험하지만 남아 있는 쪽을 택했다.

게다가 이번에 사용한 비상 통로를 통해 여차하면 언제든 달아나거나 숨으면 된다는 생각도 했고 말이다.

그렇기에 이 자리에서 결정을 지어야 할 이들은 바로 막우와 그 수하들뿐이었다.

"어차피 오래 고민한다고 결론이 지어지진 않아. 잡생각만 많이 들 뿐이다. 고로 이 정도 시간이면 충분하다고 생각한다."

장무위가 입을 열자 막우와 그의 수하들은 일제히 고개를 떨어트렸다.

그의 말대로 시간이 지날수록 머리가 정돈되기는커녕 복잡해져만 갔기 때문이었다.

그런 그들을 보며 장무위가 입을 열었다.

"떠날 사람은 나서라. 눈치 보지 말고."

장무위의 말이 떨어졌음에도 그 누구도 나서지 않았다. 하지만 그 시간은 길지 않았다.

제일 먼저 한 걸음을 내디딘 이가 있었기 때문이었다. 순간 모두의 눈이 휘둥그렇게 떠졌다.

그는 바로 막우였다.

"죄송합니다."

한 걸음 앞으로 나선 막우가 허리를 숙이며 죄스런 음성을 내뱉었다.

"혀, 형님!"

가장 놀란 것은 역시 광저였다.

아무리 막우가 현실에 대해 이야기를 했다지만 막우는 남을 것이라고 생각했었기 때문이었다.

광저뿐 아니라 다른 수하들도 놀람을 금치 못했다.

막가파 인원들 중 장무위에게 가장 큰 은혜를 입은 이가 바로 막우와 광저였다.

그렇기에 은연중에 그들만큼은 남을 것이라 생각했던 것이다. 그런데 오히려 막우가 가장 먼저 발걸음을 내디뎠다.

광저는 입술을 깨물었다. 하지만 무어라 입을 열지는 않았다.

이곳에 오기 전에 누가 어떤 결정을 내리더라도 원망하지 말자고 했기 때문이었다.

아니, 원망하더라도 속으로 삼키자고 했다.

막우가 나서자 수하들이 홀가분한 마음으로 발걸음을 하나씩 내딛기 시작했다.

이윽고 그 수는 대여섯을 넘어가기 시작했다.

그렇지만 아직도 결정을 내리지 못한 이들이 있는지, 몇몇이 움찔거리며 고민하는 모습을 보이고 있었다.

그 모습을 본 장무위가 말했다.

"고민하는 놈들이 전쟁 나면 제일 먼저 죽더라. 그냥 나서라."

장무위가 오히려 부추기자 결국 세 명이 더 앞으로 나왔다.

떠나기로 한 이들의 수는 열이었다.

열여섯 명 중 절반이 훌쩍 넘어가는 수였다.

남은 이들은 여섯이었다.

광저는 당연히 남았고 의외로 칼새 역시 남았다.

"잘 생각했다."

장무위가 피식 웃었다.

그러며 옆에 쌓아 둔 주머니들을 들어 올렸다.

"막우부터 와라."

돈주머니가 분명했다.

장무위가 떠나는 이들에게 충분히 챙겨 주겠다고 약속했기에 준비했을 것이다. 막우는 고개를 저으며 말했다.

"그건 필요 없……."

"가끔은 나도 정승처럼 써 보자."

막우의 말을 자른 장무위가 웃었다. 막우는 차마 그 웃음을 앞에 두고 거절하지 못했다.

"……장주님."

"개처럼 쓰는 돈이 재미나긴 한데 이런 것도 해 보고 싶었지."

장무위는 그대로 주머니를 막우에게 던져 주었다.

쩔그럭!

얼떨결에 주머니를 받아 든 막우는 손안이 묵직함을 느꼈다.

"나 여러 말 하는 거 싫다. 다음 놈부터 차례로 나와라. 재깍재깍 안 나오면 이 돈이 치료비가 되는 수가 있다."

장무위의 말에 걸음들이 바빠졌다.

그들이 아는 장무위는 누구 팬다는 말만큼은 정말 잘 지키는 인간이기 때문이었다.

그렇게 돈을 나눠 준 장무위가 손짓을 했다.

가라는 의미였다.

"가. 뭐 잔치라도 벌이고 싶지만 가는 놈들 마음 묵직해지는 짓거리기 때문에 안 한다."

"죄송합니다."

다시 한 번 막우가 고개를 숙이자 장무위는 피식 웃으며 다시 말했다.

"죄송은 개뿔, 아주 가냐?"

"……."

은퇴한다고는 해도 대부분 싸락골 토박이들이다.

어디 멀리 갈 사람은 거의 없었다.

"뭐, 가긴 가지만 가끔 손 필요할 때 네놈들부터 부를 거다. 요번처럼 시체 치울 때라든가 말이다."

장무위의 말에 막우의 얼굴이 약간이나마 펴졌다.

"언제든 부르십시오."

막우의 대답에 장무위가 고개를 끄덕였다. 그때 문득 고개를 갸웃거리며 중얼거렸다.

"참, 그런데 걸왕이 그러던데 보통 문파를 나서는 제자들의 경우에는 배운 무공을 폐하거나 사지 근맥을 자른다던데……."

순간 막우의 얼굴과 뒤에 선 이들의 얼굴이 빠르게 굳어졌다. 흑도조차 떠난다는 이들을 가만두지 않는다.

굳어진 막우를 보며 장무위가 고민하듯 물었다.

"그런데 넌 정력신공을 배웠으니 사지가 아니라, 거길……."

굳어졌던 막우의 얼굴이 하얗게 질려 갔다.

그 모습을 본 장무위가 히죽 웃으며 말했다.

"농담이다. 흐흐흐. 조만간 일 정리하고 나면 함 뭉치자꾸나. 술은 여럿이 마셔야 하니 말이다."

"허억! 헉헉헉!"

장무위의 너스레에 막우의 얼굴에 핏기가 돌아오며 그가

가쁜 숨을 토해냈다.

이 짧은 시간 얼마나 고뇌했는가.

그를 향해 장무위가 다시 손짓을 했다.

"가라."

"그, 그럼 가겠습니다."

"그래. 안 자르니 어여 가라."

장무위의 농담에 막우가 쓴웃음을 지으며 몸을 돌렸다.

정말 이제는 가야 할 때이기에…….

그들이 사라지고 광저와 칼새 등 여섯 명만이 남았다. 하지만 그들 표정 역시 밝지는 않았다.

그들을 보며 장무위가 입을 열었다.

"잘 선택했다고는 못 하겠다."

"대사부 형님."

"쯧, 어디 가나 이런 미련한 놈들이 있기 마련이지."

탓하는 말투치고는 그들을 보는 장무위의 표정은 오히려 밝았다.

"머릿수가 적어졌으니 이제 바빠지겠구나."

"걱정 마십시오. 열심히 수련하겠습니다."

광저가 한 걸음 나서며 가슴을 탕탕 쳤다.

그는 반드시 저들의 빈자리를 자신이 채우겠다는 의지를 보인 것이다.

그런 광저를 보고 장무위가 어이없다는 표정을 지으며 말했다.

"수련?"

"당연히 앞으로 강호를 헤쳐 나가려면……."

"뭔 소리냐. 객잔에 일할 놈들이 빠졌으니 바빠져야지."

"예?"

"쯧, 저번에 전마성인지 뭔지 하는 놈들 몇 잡아 죽였더니, 일하러 온다는 놈도 없어지고……."

허드렛일을 하던 놈들 몇 있기는 있었는데 그들 역시 기녀들이 그만둘 때 함께 나갔다.

그렇다고 새로 이곳에 발 들이려 하는 이도 없었다.

당연히 객잔업을 병행하는 장무위로서는 일손이 달릴 수밖에 없었다.

"그런고로 발바닥에 땀띠 나게 일을 해야 한다는 거지."

"……."

장무위의 미소를 본 광저와 일행들은 똥 씹은 얼굴로 고개를 숙였다.

그리고 후회했다.

떠날걸, 하고 말이다.

*　*　*

길을 따라 내려가던 막우와 일행들은 한동안 말이 없었다. 그러다 문득 그들 중 하나가 주머니 속이 궁금했는지 열어 보았다.

그러고는 외마디 비명을 질렀다.

"어헉!"

그 비명 소리에 일행들은 걸음을 멈추고 모두 그를 바라보았다.

"왜?"

약간은 의아한, 그리고 약간은 이 상황에서 굳이 돈을 확인하고 싶었냐는 표정이었다. 하지만 입을 떡 벌리고 있는 그의 모습에 궁금하지 않을 수가 없었다.

"왜 그래?"

질문을 던지면서 다른 한 명 역시 주머니를 천천히 열어 보았다. 그러고는 그도 입을 떡 벌렸다.

"어억!"

순간 모두의 뇌리에 비슷한 생각이 스쳤다.

대체 얼마나 있기에?

그때 제일 먼저 주머니를 열어 보았던 이가 떨리는 목소리를 흘렸다.

"화, 황금!"

"어억!"

"뭐야, 이게 다 황금이라고?"

두 주먹을 감싼 것보다 조금 큰 주머니였다. 그게 다 황금이라니 놀라지 않을 수가 없었다.

그 돈이면 장사가 문제가 아니다.

아끼고 살면 평생 놀고먹거나 하인을 부리며 살 수도 있는 돈이다.

"설마……."

막우도 놀란 표정으로 자신의 주머니를 열어 보았다. 그러자 마찬가지로 그득한 금자가 한눈에 들어왔다.

그런데 그 금자들 사이로 뭔가 다른 것들이 시야에 잡혔다.

"응?"

금자 하나를 들어내니 그 안에 보이는 것은 바로 동전들이었다.

"큭! 큭큭큭!"

막우의 입에서 웃음이 터져 나왔다.

하는 짓이 역시 장무위답다고 생각했다.

# 第十章

# 이어지는 손님들

"기분이라도 좋아라."

멀리서 들려오는 목소리였지만, 장무위는 충분히 그들의 대화를 들을 수 있었다. 그 사이로 들려오는 막우의 웃음소리 역시도…….

물론 장난을 조금 치기는 했지만 금액은 충분할 터였다.

금자가 열 개다.

그 정도면 뭐든 못 할 일이 없을 것이다.

보통 일반 백성들은 죽을 때까지 은자 구경도 못 하는 경우가 허다하다는 것을 보면 그가 준 금액이 얼마나 큰 금액인지 알 수 있었다.

물론 함께 넣은 동전이야 구색 맞추기지만.

은자에 눈이 휘둥그레지던 게 엊그제 같은데 짧은 사이에 손이 참 커졌다는 생각도 들었다.

"이거 참 괜찮을 줄 알았더니만."

왠지 조금 아쉬움이 느껴졌다.

휑한 느낌도 들었다.

"역시 찝찝해."

그의 생각보다도 더 정이 들었던 것이다.

"장주 형님."

광저의 목소리가 들려오자 장무위는 시선을 돌렸다.

남은 이들이 눈에 들어왔다.

덩치 큰 사내 녀석들이 모여서 안절부절못하는 게 눈에 들어왔다. 그 꼴을 본 장무위가 히죽 웃으며 말했다.

"왜? 벌써부터 걱정되냐? 하지만 일없다. 니들은 여기에 뼈를 묻는 거야."

웃으며 말했지만 충분히 선택의 기회를 주었다는 생각에 약간의 단호함을 보였다.

그러자 광저가 대답했다.

"일이라면 하면 되는데 돈 계산은 누가 합니까."

"응?"

"총관 일 말입니다요."

막우가 하던 일을 말하는 것이다.

장원의 대소사를 맡는 게 바로 총관이라는 자리였다.

흑도방파의 분파라지만 싸락골 지부 하나를 훌륭히 관리해 왔던 막우의 역량은 무위장을 이끌어가기에도 충분했다.

해 봤던 일이니까.

그런데 그가 내려갔으니 앞으로 누군가는 그 일을 맡아야 할 것이다. 장무위가 스윽 둘러보다가 천천히 입을 열었다.

"글 아는 놈이 하면 되지. 차차 배우면 되니까 말이다."

장무위의 말에 광저와 일행들의 얼굴이 눈에 띄게 굳어졌다. 그 모습에 불안감을 느낀 장무위가 물었다.

"글 아는 사람."

광저와 칼새가 손을 들었다.

둘이 손을 들자 장무위가 안도의 숨을 쉬었다. 그러나 이어진 광저의 말에 그의 얼굴은 굳어질 수밖에 없었다.

"글만 압니다."

"저도……."

광저가 말하고 칼새가 동조했다. 장무위가 딱딱한 얼굴로 질문했다.

"그게 무슨 말이냐."

"딱 읽고 쓰는 정도만 할 줄 압니다요. 셈은 더더욱……."

"저도……."

역시 광저가 대답하고 칼새가 동조했다.

장무위의 인상이 확 구겨졌다.

"그게 무슨 개똥 같은 소리야! 앙! 그러면 돈놀이는 무슨 수로 했냐!"

장무위의 입에서 언성이 높게 터져 나오자, 광저와 칼새의 고개는 더더욱 올라올 줄 몰랐다.

그 모습을 보다 못한 수하들 중 쇠망치란 놈이 조심스럽게 변명을 해 주었다.

"막우 대형이 받아오란 만큼만 받아왔는뎁쇼."

"종이에 똥글뱅이 그려서 주시면 그 숫자만큼 받아 왔습죠."

"억!"

장무위가 뒷목을 잡았다.

동시에 뛰쳐나가 막우를 잡아올까 하는 생각이 가슴속에서 무럭무럭 피어올랐다.

* * *

"제길, 까막눈 놈들."

결국 몸 쓰는 거 외에는 쓸모없는 놈들이란 게 판명된 광저와 그 일당들을 뒤로하고 장무위는 장원을 거닐었다. 말 그대로 무작정 거닐었다.

그때 저 멀리 송화의 모습이 눈에 들어왔다.

"송화야!"

"왜요?"

장무위가 부르자 송화가 그를 멀뚱히 쳐다보았다. 그런 송화에게 장무위가 인자한 미소를 지으며 다가갔다.

"무슨 일을 시키시려고요."

"……."

송화의 감은 지독히도 정확했다.

잠시 정신을 가다듬은 장무위가 송화에게 말했다.

"넌 무위관의 총관이잖냐."

"정확히는 총관이었지요."

송화가 경계의 눈으로 장무위의 말을 수정해 주었다. 그러자 장무위는 아랑곳하지 않고 은근한 어투를 흘려내었다.

"그래, 그랬지. 그래서 이젠 무위장의 총관으로 발령 내 주마. 엄청나지?"

장무위가 활짝 웃으며 말했다. 하지만 돌아오는 대답은 단호했다.

"밥은 누가 해요?"

"사람 쓰면 되지."

"누가 오는데요. 며칠 전에 죽어 나간 게 몇 명인데."

"……"

송화의 대꾸에 잠시 고민을 한 장무위가 조심스럽게 물었다.

"겸사겸사하면 안 되나?"

"객잔은요? 손님들에게 맨밥에 물 말아 줄까요?"

"……"

즉 밥하면서 동시에 하기엔 불가능하다는 말이었다.

송화가 거기에 쐐기를 박았다.

"당장 음식 돕던 사람들도 죄 도망갔는데 저까지 빠지면 아마 망할걸요?"

순간 장무위의 기억 속에 또 다른 인력들이 떠올랐다.

"아! 십이음녀가 있었다!"

"그 아줌마들이 한 음식 먹고 당장 죽이겠다고 외친 사람이 누군데요."

"나."

결국 답은 없었다.

*　　*　　*

장무위는 또다시 지붕 위에 올랐다.

"제엔장!"

복장이 터졌다. 결국 무위장의 임시 총관은 장무위가 겸직하게 된 것이다.

십이음녀들에게도 가 봤지만, 광저들과 사정이 그리 다르지 않았다.

물론 그녀들 중 하나가 신분 상승의 욕망에 사로잡혀 눈을 반짝이며 해 보겠다고 했지만, 그녀가 셈을 하면 열 개 중 일곱 개는 엇나갔다.

의도적으로 삥땅을 안 쳐도 비자금을 챙길 여편네라는 판단이 든 장무위의 특단의 조치였다.

기본적으로 전장에서 전리품을 팔고 하려면 잘 알아야 했다.

모르면 눈 뜨고 당하는 게 그 바닥이었다. 덕분에 다른 놈들 것도 대신 거래해 주고 거간비를 받아 나름 풍족하기도 했다.

그러나 그건 돈이 없어서 한 짓이다. 지금은 돈 쓰기도 바빠 죽겠는데 그런 것까지 하려니 죽을 맛이었던 것이다.

"괜히 이걸 지어 가지고."

차라리 돈만 가지고 있었다면 굳이 이럴 필요까지는 없었는데 하는 생각이 들었다.

그냥 펑펑 쓰다가 좀 줄어들면 다시 벌고…….

하지만 이내 장무위는 고개를 저었다.

"아니지, 이게 있었으니 투자가 돼서 돈이 불어난 거지."

장원 덕에 인간들이 꼬이고 파리가 꼬이면서 이번의 대박이 났다. 그런 것을 보면 역시 투자를 해야 돈을 번다는 게 맞다는 생각이 들었다.

"뭐, 좀 지나면 되겠지."

좀 가라앉으면 누군가는 여기 와서 일할 사람이 있을 것이라 마음을 위로하고 술을 들이켰다.

그때 아래에서 소요검선이 훌쩍 올라서며 너털웃음을 흘렸다.

"허허, 많이도 내려갔구먼."

"그러게 말입니다. 소요 선배."

걸왕이 뒤이어 올라오며 소요검선의 말에 맞장구를 쳤다.

"뭐, 그래도 다 안 내려갔으면 됐지."

"허허, 그건 그렇구먼."

"쯧. 뭐 주워 먹을 게 있다고…… 안 그렇소, 소요 선배?"

소요검선의 말꼬리 뒤에 삐뚤어진 사고방식이 낳은 걸왕의 대꾸가 따라 나오자 장무위가 그를 쳐다봤다.

물론 그냥 본 건 아니다.

누가 봐도 죽이려는구나, 싶을 정도의 살기가 담긴 시선이었다. 그 때문인지 또다시 소요검선에게 말문을 돌리는 걸왕이었다.

"쯧."

결국 응징도 귀찮다고 생각한 장무위가 입을 열었다.

"다 각자 알아서 판단하는 거지. 그런데 총관 짓을 해야 한다니, 끙……."

"아! 막우 그 녀석도 내려갔었지."

"뭐, 머리 좋은 놈이니까."

"그런가?"

"누울 자리를 아는 거야. 그런 놈이 오래 사는 법이거든."

장무위의 음성에 소요검선이 고개를 끄덕였다.

"그래도 책임감은 있었던 녀석이지 않았나?"

"그랬지."

왕곰파의 습격 때도 버틸 수 있었던 것은 수하들이 있기 때문이었다. 그러나 막우가 우두머리도 아니고, 또 장무위란 든든하다 못해 무시무시한 버팀목이 있기에 홀가분해질 수 있었다.

그래서 내려간 것이다.

"끙."

절로 신음이 흘러나왔다.

"소요 선배, 그런데 역시 인맥 하면 개방 아니겠소? 개방이라면 총관 할 만한 인물을 끌어오는 건 일도 아니지 않소?"

말은 소요검선에게 건넸지만 장무위 들으라 하는 말이다.

"안 맡겨! 총관은 개뿔, 삥땅 치기 바쁘겠지."

장무위가 버럭 소리를 지르자 걸왕이 재빨리 고개를 돌리며 헛기침을 흘렸다.

얼굴은 벌게져 있었다.

"크, 크음."

"……."

"허……."

순간 장무위와 소요검선이 말을 잃었다. 장무위가 버럭 소리를 지르며 말했다.

"이 새끼 정말이었구나!"

"아, 아니오! 정말 아니……."

쨍그랑!

순간 술병이 달빛 아래에 비산했다. 그리고 그 안에 들어 있던 술 방울들 역시 달빛에 반사되어 아름답게 흩날렸다.

이어 뒤통수를 후려 맞은 걸왕이 지붕에서 떨어져 내렸다.

"망할!"

분이 안 풀렸는지 장무위가 아래를 내려다보며 씩씩거렸다.

여러모로 뭔가 안 풀리는 날이었다.

* * *

"싸락골?"

아름답기 그지없는 여인이 외모와는 달리 차가운 기운을 풀풀 날리며 되물었다.

그러자 하얀 털가죽으로 만들어진 무복을 입은 사내가 조심스럽게 대답했다.

"분명 그랬습니다. 싸락골에 냉찜질방이 있다고. 하온데……."

"동굴을 개조한 것인가?"

"아닙니다. 그냥 장원의 전각 중 한 채가 냉기를 띤다고 합니다."

"……."

사내의 보고에 여인이 어이없다는 표정을 지었다.

"그 말대로라면 분명 빙정이 있을 거란 이야긴데, 그걸 가지고 냉찜질방을 만들었다는 말을 믿으란 거야?"

"주인이 원래 좀 미친 듯하다 합니다."

어이없다는 표정을 짓던 그녀가 다시 물었다.

"어디라고?"

"싸락골입니다."

사내의 대답을 들은 여인의 얼굴 위로 궁금함이 서서히 솟구쳐 올랐다.

여인의 정체는 바로 북해의 강자인 북천궁의 북천궁주 백무혁의 여식이었다.

원래 북해에는 북해빙궁이라는 전통의 강자가 있었고, 지금의 북천궁은 북해빙궁의 영향력 아래에 있는 세력 중 하나였다.

백씨세가라 불리는 그들은 상가로서 어느 정도 명성이 있어 재력이 모자람은 없었다.

무력 또한 북해빙궁에 비하기는 어렵지만 다른 북해의 중소 문파와는 비교할 바가 아니었다. 그 이유는 백씨세가 자체가 북해빙궁의 직계가 세운 방파이기 때문이었다.

그 덕인지 북해빙궁의 궁주들이 대대로 익혀 오던 한빙신공에는 모자람이 있을지 몰라도, 백씨세가에도 나름대로 고절한 한빙천심장이라는 장법과 그에 어울리는 심법 등이 존재했다.

게다가 북해빙궁의 직계가 세운 세가인 덕분에 양측의 교류는 제법 활발했다.

어떤 면에서는 서로의 모자람을 채워주는 부분도 있었다.

북해빙궁이라는 거대한 이름이 가지는 체면 때문에 움직이지 못할 일을 백씨세가가 대신해 준다든지, 백씨세가에 자금을 대는 간접 투자를 통해 재력을 불린다든지, 북해빙궁이 직접 나서기 곤란한 부분에서 백씨세가를 이용했다.

반면 백씨세가는 든든한 우군을 얻었다.

뒷배가 북해빙궁인 것을 뻔히 알기에 그 누구도 그들이 행하는 일에 불만을 품기 어려웠던 것이다.

물론 백씨세가는 영리했다.

북해빙궁이 뒤에 있다는 사실을 이용해서 호가호위하지는 않았다.

호가호위한다면 그 또한 북해빙궁이 직접 나선 것만 못하기 때문이었다. 백씨세가는 주로 중재자 역할을 맡았다.

물론 언제나 중재로만 일을 해결할 수 있는 것은 아니었지만, 모든 일은 중재를 기본 바탕으로 두고 처리했다.

어떻게 보면 북해빙궁으로 향하는 중소방파들의 창구를 자처한 것이나 마찬가지였다.

이는 모두가 만족하는 일이었다.

그러던 중 북해빙궁에 변란이 있었다.

반란이 일어난 것이다.

외부에서 들어온 마인들이 조금씩 북해빙궁을 장악해 가다가 백씨세가의 정보망에 걸렸다.

그러나 그들의 힘은 너무도 강력하여 북해빙궁의 궁주와 피붙이들을 함께 저승으로 끌고 가 버렸다.

어쩌면 북해빙궁을 장악하려 했던 그들이 내릴 수 있는 차선의 선택이 바로 그것이었을지도 몰랐다.

결과적으로 모두가 경악했다.

이를 제보한 백씨세가 역시 예상치 못한 결과에 놀랄 수밖에 없었다.

당시 화경 초입의 경지에 올랐던 북해빙궁의 궁주였다. 그런 강자가 고작해야 마인들의 자폭 공격에 무너져 내렸던 것이다.

원래라면 아무리 자폭 공격을 한다 해도 당하지 않아야 정상이다. 그럼에도 당했던 이유는 바로 그의 손주들 때문이었다.

그들이 노린 것은 궁주가 아닌 그의 피붙이들이었다. 당연히 빙궁주는 피붙이들을 구하기 위해 자폭 공격을 몸으로 막아섰다.

화경의 고수인 궁주로서도 큰 충격이었지만 충분히 막아낼 수 있었다. 그런데 그것 자체가 함정이었다.

버틸 만하다 생각했던 자폭 공격 끝에 감당하기 어려운 위력의 폭발이 숨어 있었던 것이다.

그 거대한 폭발에 빙궁이 무너져 내렸고, 결국 상당수 전력이 차가운 얼음을 무덤 삼아 쓰러져 버렸다.

그런 빙궁을 수습한 것이 바로 백씨세가였다.

자연히 북해의 문파들은 새로운 강자로서 백씨세가를 꼽는 것을 주저하지 않았고, 빙궁이 무너질 때 살아남았던 장로들과 무력단 역시 반대하지 않았다.

아니, 실상을 보자면 그들이 오히려 중소문파들을 부추겼다.

그래서 북해에 새로운 하늘이 뜬 것이다.

북천궁이라는 이름으로 말이다.

그 북천궁이 세워진 지 백 년이 지난 지금, 그 성세는 이전 북해빙궁에 비할 바가 아니었다.

철저히 실리를 따지는 그들의 모습은 수많은 중소문파들의 배를 함께 불리게 하였고, 이는 북천궁의 힘이 더욱 커지는 결과를 낳았다.

이런 상황에서는 북천궁에 가문의 사람이 많이 들어갈수록 떡고물이 늘어나니 북해의 인재들은 자연히 북천궁으로 향했고, 북천궁은 언제나 그렇듯 그에 보답했다.

지금이 바로 북해의 최전성기라 할 수 있을 정도였다.

그런 북천궁에도 골치가 아픈 일은 있었다.

바로 백경숙이었다.

백무혁의 첫 아내가 바로 백경숙의 어머니인 왕자은이었다.

그녀는 고려의 유민으로 정확히는 왕가의 핏줄을 이은 여인이었다.

그 덕에 백경숙의 이름 역시 조금 독특했다.

그녀의 어머니인 왕자은이 죽기 전에 딸이면 이름을 경숙이라고 지으면 좋겠다는 말을 남겼기 때문이었다.

그런 그녀가 백무혁의 골칫거리가 된 이유는 그녀의 행실에 있었다. 여인이지만 남자 이상의 괄괄함을 가지고 있었고, 그 덕에 많은 사건 사고를 저질렀다.

또 동생들은 벌써 일가를 이루었음에도 그녀는 아직 혼인은커녕 남자도 없는 상황이었다.

그녀의 별호는 북천빙화다.

별호 그대로 그녀의 미모는 북해에서도 따를 자가 없기로 유명했다.

그러나 사람들은 뒤에서 그녀를 이렇게 불렀다.

북천의 마녀.

아무리 미인이면 뭐하는가.

결국 북해에서는 그 누구도 그녀와 혼인을 하려고 하지 않았고, 가끔 그런 사람이 나타나더라도 그녀에 의해 죽사발이 나서 쫓겨 가니 백무혁으로서는 미칠 지경이었다.

그녀의 관심사는 오로지 무공일 뿐이었다.

서른다섯이라는 나이에 그녀의 경지는 절정에 달해 있었다. 무공에 관심만 있는 것이 아니라 그 오성 또한 뛰어났던 것이다.

그래서 사람들은 또 이렇게 그녀를 평했다.

하늘이 미모와 무공적 재능을 내려 주는 대신 성격을 가져갔다고.

그렇다고 아주 막 나가는 여인은 아니었지만, 뛰어난 미모에 비해 거친 성격이 이와 같은 소문이 돌게끔 하였다.

그녀는 그런 세간의 소문 따윈 신경 쓰지 않고 절정을 넘어서기 위해 정진하였다.

시시때때로 나가서 악인이라 불리는 놈들이 나타나면 때려잡으며 실전 경험을 쌓았다.

그럼에도 무언가 모자람을 느끼던 그녀에게, 빙계 무공을 익히는 이들에게 보물이라 불리는 빙정과 같은 기물에 대한 소문은 가뭄에 단비와 같았다.

"으음. 그런데 말이야. 그런 짓을 하는 놈이 아무리 미쳤다지만, 무인들이 그냥 두고 볼까?"

"아직 소문은 크게 안 퍼진 모양입니다. 알아보니 원래 그 주인은 그걸로 장사를 하려 했었는데 개방에서 소문을 차단하고 나섰답니다."

"개방?"

"걸왕이 관련 있다는 소문이 있습니다."

"걸왕이!"

걸왕의 이름에 백경숙은 벌떡 일어설 수밖에 없었다. 모든 무인들이 목표로 하는 화경의 벽을 뚫은 강자다.

무공이라면 자다가도 벌떡 일어서는 그녀로서는 당연히 놀랄 수밖에 없었다.

"그럼 단순히 미친놈은 아니잖아!"

"그게 그렇긴 합니다만, 주변의 소문을 들어보면 또……."

"소문이 어떤데?"

"걸왕이 같이 미친 것 같다며……."

백랑대주 능천의 보고에 백경숙이 혀를 차며 물었다.

"화경의 고수가 미쳐? 넌 그게 말이 된다고 생각하나?"

"안 되는데 보고를 해 온 상인의 말을 들어 보면 그게 또……."

"자꾸 말 흐리면 인생 흐리게 살다 가는 수가 있다."

백경숙이 미간을 찌푸리며 말하자 화들짝 놀란 능천이 서둘러 말했다.

"그게, 동정호 쪽으로 상행을 나갔던 상단의 행수가 우연히 그쪽에 들렀었는데, 당시 걸왕이 그 무위장주란 자에게 오빠라고 부른다는 이야기를 들었답니다."

순간 백경숙의 몸이 굳어졌다.

잠시 대꾸를 하지 못하던 그녀가 조심스럽게 물었다.

"걸왕이…… 여자였어?"

"그럴 리가 없잖습니까."

"그럼?"

"그래서 미쳤다고 하는 거지요."

순간 백경숙은 어이없다는 표정을 지울 수 없었다. 화경의 고수가 미쳤다는 말을 누가 믿겠는가.

"여하간 그것도 우연히 그 동네 흑도 중 하나를 만나서 들은 이야기라 합니다."

"뭐어! 그걸 말이라고 해!"

결국 흑도의 입에서 나온 정보라는 말에 백경숙은 버럭 소리를 질렀다.

"그, 흑도가 무위장이란 곳에서 제법 행세하는 이랍니다. 칼새라고 장주를 제외하고는 서열 삼 위라고 합니다. 그자에 대해 좀 알아봤는데 그 사실에는 틀림이 없었으며, 개방의 취면개라는 자와도 꽤 친해서 정보를 종종 넘기고 받는다고 합니다."

"으음."

정보를 다루는 자라는 말에 백경숙의 입에서는 작은 신음이 흘러나왔다.

다른 것은 몰라도 개방과 정보를 교류하는 놈이라면 충분히 그 말에 신빙성이 있다고 생각했기 때문이었다.

"그럼 장무위라는 자에 대한 정보는 더 없어?"

"있습니다."

"뭔데?"

"그게 좀 어이없습니다."

"말해 봐."

백경숙이 다그치자 능천이 입맛을 다시며 설명을 이어나갔다.

“싸락골에 들어와 다 허물어져 가는 초가에 살며 무위관이라는 무관을 열었다가 동네 현령과 무관들에 찍혀서 쫄딱 망했었다 합니다.”

“그런데?”

“그런데 그가 갑자기 무위극단이라는 것을 세워서…….”

“극단? 아까는 무관주였다면서?”

뭔가 통일되는 것 같지 않은 보고에 백경숙은 질문하지 않을 수 없었다.

“예. 일단 들어 보십시오.”

하지만 능천은 일단 듣기를 권유했다.

“그래. 계속해 봐.”

“그랬는데 일인극을 하였더니 그게 엄청난 성공을 거두어 돈을 긁어모았다고 합니다. 그러다가 개방과 친분이 있어 빼앗긴 초가를 되찾으며 객잔업을 병행하고…….”

“개방과 친분이 왜 생겨?”

“그게…… 한동안 거지들을 거둬 먹여 살리면서 거지들의 성자라 불리기도 했답니다.”

거지들을 거둬 먹였다는 말에 백경숙은 고개를 갸웃거리며 물었다.

“선한 인물인 건가?”

"개차반이라는 소문이 가장 많습니다."

"뭐야, 대체!"

"이후엔 또 거지들만 보면 철전 한 푼 적선한답시고 쪽박을 깨고 다녀서 거지들이 단체로 아사할 뻔했다지요."

"……."

들을수록 알 수 없는 인간이었다.

"어쨌든 그렇게 돈을 벌어 장원을 세웠는데 그곳에서 해괴망측한 짓을 벌였다고도 하고……."

"뭔 짓?"

백경숙의 추궁에 능천이 차마 대답을 하지 못했다.

"뭐, 남자들만 좋아하는……."

"뭐야! 여자들 풀어 놓고 춤이라도 추게 했다는 거야, 뭐야!"

"어, 어떻게 아셨습니까? 그 일이 소문난 것 때문에 제갈가와 화산에서 당시 참석했던 이들을 전부 소환해 갔다고 하는데요. 아마 짐작건대 고수들을 위한 밀실을 만들어 여자들을 끼고 영업하는 그런 곳 같습니다. 무위장이라는 간판만 달고 말입니다."

"미치겠네."

"여러 번 확인한 정보긴 한데……."

잠시 팔짱을 끼고 고민하던 백경숙이 능천을 향해 말했다.

"애들 준비시켜."

"빙정 구해 오라고요?"

"아니. 눈으로 봐야 알겠다."

"네?"

"가자고!"

"어딜요?"

능천이 설마 하는 시선으로 그녀를 보았다. 하지만 원치 않는 대답이 나오고야 말았다.

"싸락골."

# 第十一章

# 송도진인의 방문

제갈장천은 눈앞에 펼쳐진 익숙한 광경에 한숨을 내쉬었다.

이처럼 싸락골을 자주 드나들게 될 줄은 그도 몰랐었다. 덕분에 이번에 원행을 나오면서도 한바탕했다.

대체 거기에 어떤 년을 숨겨 놨느냐고…….

"끄응."

절로 한숨이 흘러나왔다.

"이곳인가?"

"아, 예. 여기가 싸락골입니다."

제갈장천이 공손하게 대답하자 정도맹주인 송도진인이

싸락골을 바라보았다.

외진 곳이라 들었는데 의외로 오가는 이들도 많았고 사람들의 표정에서도 활기를 읽을 수 있었다. 불과 얼마 전에 수백 명이 죽어 나간 곳이라고는 생각하기 어려웠다.

"흐음. 의외로군. 표정들이 좋구먼."

"최근 들어 여러모로 활성화가 된 것이라 합니다."

물론 그 중심에는 장무위가 있었다.

지금은 하지 않지만 장무위가 일인극을 펼치던 공간은 여러 극단이 번갈아 들어와 공연을 한 결과, 극단들의 요람이 되어 가고 있었다.

그 덕에 장무위가 일인극을 그만두면서 경기가 다시 옛날로 돌아갈까 걱정했던 부분도 자연히 해소되었다.

오히려 다채로운 극단들이 들어서면서 조금 모자란 부분이 있어도 다양성이 그 공백을 메우게 되었다.

현령 역시 이게 돈이 된다는 것을 알고 적극적으로 공연 유치 활동을 하고 더 많은 공터를 사용할 수 있게 노력했다.

그 덕분에 싸락골은 많은 부분에서 활성화가 되었다.

게다가 이렇게 발전을 이루었는데도 흑도들은 발을 붙이지도 못했다.

장무위에게 목숨을 구원받은 왕곰파의 노력도 있을뿐더

러, 광저 등 이전 막가파 인원들과 개방의 힘이 싸락골을 장악하고 있기에 타지의 흑도들은 진입을 할 수가 없었다.

물론 현령에게 뒷돈을 주고 슬그머니 들어오려던 이들도 있었지만, 그것 역시 차단되었다.

장무위의 방문 이후 현령이 뼈저리게 느꼈기 때문이었다.

이곳이 법은 멀고 주먹은 가까운 곳이라는 사실을 말이다.

그 덕에 상인들의 왕래 또한 많아지고 상거래 역시 활발해졌다. 이렇게 싸락골의 경제가 좋아지다 보니, 싸락골 사람들의 표정 역시 덩달아 밝아질 수밖에 없었다.

"장원으로 사람을 보내 보게나. 객잔업도 함께 한다지?"

"그렇습니다만, 거긴 좀 비싼 감이 있어……."

제갈장천은 최대한 그를 장무위와 떨어트려 놓고 싶었다. 그러나 느닷없이 들려온 목소리에 그의 시도는 무위로 끝나고 말았다.

"안녕하십니까요!"

우렁찬 목소리.

"저 아이는 누군가?"

"신뇌 어르신 오셨습니까요!"

한 아이가 반갑게 제갈장천의 별호를 외치며 달려오고

있었다.

"……무위장의 만덕이라는 아이입니다."

"오호, 그렇군. 잘 되었네."

제갈장천에게 달려오던 만덕이는 이내 방향을 꺾어 송도진인에게 넙죽 허리를 접으며 외쳤다.

"최상으로 모시겠습니다요!"

"……."

제갈장천은 그런 만덕이를 보며 타고난 놈이라 생각했다.

자신을 향해 반갑다고 달려오다가도, 자신이 다른 사람에게 공대하는 모습을 보고 재빨리 방향을 바꾸어 권력자에게 꼬리를 흔드는 모습이 그야말로 타고난 녀석이었다.

"그래. 자리는 있느냐?"

"별채를 준비하겠습니다요!"

"벼, 별채?"

별채라는 말에 제갈장천이 경악을 했다.

안 그래도 비싼 무위장에서 비싸도 엄청나게 비싼 게 바로 별채다. 그도 얼마 전에 묵고 나서 그 계산서를 보고 기함을 토하지 않았는가.

놀라는 제갈장천을 본 만덕이 말했다.

"저번에 묵으신 그곳에 준비를 하겠습니다."

"그, 그렇게 해라."

자신이 무언가 말을 하기도 전에 만덕은 제갈장천이 묵었던 곳을 준비하겠다고 했다.

그 상황에서 그곳은 비싸다고 반대할 수가 없었다.

제갈장천은 그곳에서 묵었는데 정도맹주인 송도진인을 그보다 싼 곳에 묵으라 할 수는 없지 않은가.

'망할 놈.'

시선을 피하는 것을 보니 만덕이가 의도한 것이 분명했다.

"왔군."

걸왕이 언덕 아래를 내려다보며 혀를 찼다.

송도진인이 이쪽을 향한다는 보고는 이미 들어서 알고 있었다.

처음엔 말려 볼까 하는 생각도 있었지만, 말린다고 말려지기에는 사건이 너무도 컸다. 제갈장천이 어찌할 수 있는 영역을 넘어선 탓이다.

아마 자신이라도 달려오지 않고는 못 배겼으리라.

"끙. 일단 저 말코 녀석이 예의 바른 놈이라 걱정이 덜하긴 한데 워낙 종잡을 수 없으니……."

장무위가 무슨 짓을 할지 걱정이 앞섰다.

여태까지 이곳에 온 인간치고 좋게 돌아간 경우를 보지 못했기 때문이었다.

"뭐 나만 하려고……."

걸왕이 허허로운 표정을 지었다.

아무리 뭐가 잘못되어도 걸왕처럼 꼬이지는 않을 것이다.

그보다도 더 떨어질 바닥이 어디 있겠는가.

그렇게 다 내려놓다 보니 요즘은 해탈이 뭔지 좀 알 것 같기도 했다.

"거지가 해탈이라니……."

피식피식 웃음까지 나왔다.

"뭐, 흘러가는 대로 가는 거지. 막가는 거야."

걸왕은 될 대로 되라는 식으로 생각했다.

어차피 자신만 더 꼬이지 않으면 그만이라고 생각했다. 남이 꼬이는 것은?

나쁠 것 없다.

동병상련의 동지가 늘어나는 것이니 말이다.

"소요 선배나 찾으러 가야겠구먼."

만덕을 따라 장원에 들어선 제갈장천과 송도진인의 몸이 살짝 굳어졌다.

"어머나! 또 오셨네요!"

"오호호홋!"

"이리로 오셔요."

그들을 맞이한 것은 십이음녀였다.

원래는 퇴물 기녀들이 있었지만 지난 전마성 습격 이후로 모두 그만둔 뒤, 그녀들이 접객을 전담하게 되었다.

어차피 그녀들 외에는 손님을 맞을 이들이 없기도 했다.

반갑게 맞이하는 그녀들을 보며 송도진인이 제갈장천에게 물었다.

"어찌 된 겐가."

"이분이 제일 어르신인가 보네요! 오호호호!"

"이 여인들에게서 마기가 느껴지는 이유가 뭔가."

"아……."

순간 십이음녀들의 얼굴이 살짝 굳어졌다.

마기란 단어가 나온 순간 그녀들의 심장 한구석이 철렁 내려앉은 것이다.

환락소소무는 마공을 기본으로 하기에 그녀들 역시 체내에 마기가 잠재되어 있었다. 아무리 색을 이용한 음의 기운의 무공이라 하지만 그 바탕은 마공이었기 때문이다.

심령으로 연결된 고리를 끊어 내었다 해서 그 마기의 흔적까지 지울 수 있는 것은 아니다.

송도진인의 굳어진 표정을 보며 십이음녀들은 안절부절 못하고 있었다.

그녀들이라고 자신들이 처한 상황을 모르는 게 아니었다.

게다가 신뇌라면 정도맹의 중추다. 그런 이가 공손하게 대해야 할 이는 그리 많지 않았다.

그중에서도 무당의 복장을 한 도인이라면…….

"일단 드시지요. 이들의 존재에 대해서는 따로 말씀드리겠습니다."

"……알겠네."

송도진인은 딱딱해진 얼굴을 펴지 않았지만, 일단 제갈장천의 말에 발걸음을 옮겼다.

"어이쿠! 어서 오십시오!"

그때 한 사내가 나타나며 호들갑을 떨었다.

당연히 장무위다.

"이것들이 뭐하냐! 어서 손님 모시지 않고."

"아, 예…… 예!"

장무위가 호통을 치자 십이음녀들이 쭈뼛거리며 움직였다. 그녀들이 움직이자 장무위가 제갈장천에게 다가가 너스레를 떨었다.

"이거 저번에는 너무 일찍 가 버려서 서운했다고."

"……."

정확히는 제갈장천의 뒤통수를 후려치고 달아난 게 장무위였다. 하지만 장무위의 머릿속에서는 그 생각이 이미 달아난 듯했다.

"그렇……습니까."

"뭐, 이렇게 다시 봤으니 좋지, 안 그래? 그런데 이 고귀하게 생기신 분은 뉘신가? 아무리 봐도 별채 따위에 모실 분은 아닌데."

"그냥 별채에 묵을 예정입니다."

"……본채를 비워드리려 했건만."

순간 제갈장천은 목구멍 밖으로 튀어나오려던 말을 어렵게 삼켰다.

'그렇게 해 처먹고 더 해 먹고 싶냐!'

소리 없는 메아리일 뿐이다.

"무위장주이십니까."

"아, 예."

"송도진인이라 합니다."

"아, 예."

송도진인이 자신을 밝혔음에도 장무위는 그러냐는 듯 대답하고 그를 멀뚱히 바라보았다. 그러자 옆에서 제갈장천이 조심스럽게 입을 열었다.

"정도맹주이십니다."

"아! 예! 어이쿠, 이런 대박…… 아니, 큰손님이 오셨을 줄이야!"

"……."

정도맹주라는 말에 놀라긴 놀랐다.

하지만 제갈장천은 그게 순수한 놀람이 아니라는 것쯤은 이제 파악할 수 있었다.

그가 아는 장무위는 큰 단체의 수장일수록 돈이 된다고 생각할 게 뻔했기 때문이다.

한편 송도진인은 장무위를 살폈다.

일단 소요검선과 친우라는 이야기를 들었기에 조심스럽게 대했다. 어찌 되었든 정파의 큰 어른인 소요검선과 친우인 이상 공대를 하는 건 당연했다. 한데…….

'너무 젊지 않은가?'

송도진인은 너무도 젊은 그의 모습에 놀라고 있었다. 환골탈태를 했다 해도 이렇게까지 젊다는 것은 놀라울 수밖에 없었다.

송도진인 역시 나이가 칠순이 넘었지만 화경에 오르면서 육체가 젊어져 오십이 좀 넘은 것처럼 보였다.

그런데 장무위는 젊어도 너무 젊었다.

잘 봐야 서른 줄이다.

얼마 전 전마성과의 전투에서 또 한 번 환골탈태를 한 덕에 서른 중반으로 보이던 게 이제는 스물 중반으로 보이게 된 것이다.

"자자, 별채로 갑시다!"

장무위의 안내를 따라 송도진인과 제갈장천 그리고 정도맹에서부터 따라온 무사들이 그 뒤를 이었다.

그들이 멀리 사라져 가자 남은 십이음녀 중 십이녀가 투덜거렸다.

"칫, 이러면 부업은 어떻게 하지, 언니?"

그러자 구녀가 아쉬움 가득한 목소리를 내었다.

"술은 다 팔았다고 봐야지."

"그래도 돈 모으는 게 쏠쏠했는데."

그녀들은 이곳에서 새로운 삶을 살며 조금씩 돈 버는 재미를 알아가고 있었다.

그때 칠녀가 의미심장한 말을 내뱉었다.

"기다려 봐. 장주님이 어떤 분인데. 판을 짜 주실 거야. 분명히."

"그치? 그렇지?"

"그럴걸?"

금세 분위기가 화기애애해졌다.

그녀들이야말로 장무위란 인간을 짧은 시간에 제대로 파악한 이들이었다.

무위장주의 안내에 따라 별채에 자리 잡은 송도진인은 주위를 물리고 제갈장천과 독대를 했다.

"내가 모르는 게 더 많은 듯하구먼."

"일단 십이음녀에 대해서는 죄송합니다."

"이유가 있겠지."

이해한다는 듯한 말투였지만, 정확히는 그 이유를 지금 설명해 보라는 의미였다.

"십이음녀의 경우, 무위장주가 환희음마를 처단하면서 연결되었던 심령의 끈이 끊어짐으로써 자유를 얻었다 합니다."

"으음. 환희음마의 무공에 대해서는 어느 정도 들어 알고 있네. 그러나 마인이 아닌가."

"무위장주는 마인이 아니지만 정도인도 아닙니다."

"정사지간이라는 건가?"

정사지간이란 정사 어디에도 그 적을 두지 않고 균형을 이루며 살아가는 성향을 말한다. 하지만 제갈장천은 곧바로 대답을 하지 않았다.

제갈장천의 침묵이 잠시 길어졌다.

곰곰이 생각하는 모습이었다. 잠시 후 고개를 든 제갈장천이 바람 빠지는 소리를 내며 말했다.

"후우우우. 정사지간도 아닙니다."

"정사지간도 아니다?"

송도진인이 살짝 눈썹을 치켜 올리며 되묻자 제갈장천이 대답했다.

"그저 무위장주입니다."

"가늠할 수 없다는 의미로구먼."

송도진인의 대답에 제갈장천이 고개를 끄덕이며 대답했다.

"그렇습니다. 정과 사, 그리고 마도의 구분조차 인식하지 않는 분입니다. 구분하는 게 있다면……."

"있다면?"

"적입니다."

제갈장천의 대답에 송도진인이 고개를 갸웃거렸다.

"적? 적이 아니면 아군만을 구분한다는 것인가?"

"그저 적만 구분하는 줄로 압니다. 오늘의 아군이 내일의 적이 될 수도 있는 게 세상이라더군요. 마찬가지로 오늘의 적이 내일의 아군이 될 수 있다고 생각하는 분입니다."

"허어."

"여하간 적이라 판단되면 손을 쓰는 데에는 망설임이 없는 듯합니다."

"괴팍하군."

송도진인의 말대로 괴팍하다면 괴팍한 모습을 보이고 있는 장무위였지만, 제갈장천이 생각하기에 그것만으로 설명할 수 있는 이가 아니었다.

"어떤 면에서는……."

말을 하면서도 뭔가를 망설이는 기색이 보였다.

"말하게."

"인성의 일부가 결여된 느낌입니다. 사회성이라 해야 할지……. 도덕적인 부분이라든지 말입니다."

제갈장천의 말에 송도진인의 얼굴에 살짝 어둠이 드리워졌다.

"위험하겠군."

그때 밖에서 소요검선의 목소리가 들려왔다.

"위험하지."

"오셨습니까, 소요 선배."

송도진인과 제갈장천이 일어나 소요검선을 맞이했다. 그 뒤로는 걸왕이 따라 들어오고 있었다.

"오랜만입니다. 걸왕 선배."

"말코 네놈도 오고야 말았구나."

"오지 않을 수가 없었습니다."

"그렇겠지. 이곳 일이 온통 시끄러운데 안 올 수가 있겠는가."

"그렇습니다. 그리고 봐야 할 이도 있고 말입니다."

송도진인의 말에 걸왕은 찝찝한 표정으로 대답했다.

"안 보는 게 정신 건강에 좋을 텐데."

"그래도 봐야지 않겠습니까. 명색이 정도맹주인데 말입니다."

"그래서 더 걱정이지."

"아까 들어오면서 내가 한 말 기억하게."

"위험하다는 말씀 말입니까?"

송도진인이 조심스럽게 묻자 소요검선이 고개를 끄덕였다.

"그러네. 그러니 조심하게."

"소요 선배, 그리 뭉뚱그려 말해 놓으면 어찌 압니까. 단순히 위험하다고 말해서 될 일입니까?"

"허허허."

"웃을 일이 아니라니까요? 차라리 마도의 하늘이었다고 불리던 천마가 알기 쉽지, 저 인간은……."

걸왕이 얼굴을 구기며 투덜거렸지만 소요검선은 그저 허허 웃는 것으로 대신했다.

그때 걸왕의 얼굴이 살짝 굳었다.

심지어 조금씩 움찔거리기 시작했다.

이어서 식은땀이 이마를 타고 흘렀다.

"걸왕 선배, 무슨 일 있으십니까?"

송도진인이 걱정 어린 음성으로 걸왕의 상태에 대해 질문을 하자 소요검선이 대신 손가락 하나를 입에 가져갔다.

조용히 하라는 의미였다.

그렇게 모두가 침묵을 지키는 동안에도 걸왕은 움찔거리며 부르르 떨었다.

잠시 후, 걸왕이 참담한 시선으로 소요검선을 바라보았다.

"왜 그러는가."

"소요 선배. 전음…… 알려 줬습니까?"

"알려 줬네. 처음에는 좀 버벅이더니만 요즘은 곧잘 하는 모양이더군."

"끄응."

걸왕의 얼굴이 똥 빛으로 변했다.

"살다 살다 전음으로 협박을 당하다니……."

"협박이라니……."

걸왕의 말에 송도진인이 영문을 모르겠다는 표정을 지었다.

"끄응. 그런 게 있네. 알려 하지 말게."

"누가 협박을……."

의아한 표정을 짓는 송도진인에게 걸왕이 너스레를 떨며 말했다.

"내 여기 무위장주와 허울 없이 지내다 보니……."

움찔.

"큼…… 뭐, 그러네."

"……."

걸왕이 서둘러 말을 마무리하는 모습에 송도진인의 얼굴에는 더욱 의구심이 깃들었다.

그때 소요검선이 빙긋 웃으며 말했다.

"너무 알려고 하지 말게. 다친다네."

소요검선의 말에 송도진인이 얼굴을 굳히며 입을 열었다.

"선배들 앞이라 무어라 못 하겠지만, 저 역시 최근에 성취가 있어……."

"자네가 아니라, 저 친구."

소요검선이 쓴웃음을 지으며 걸왕을 가리켰다. 그곳에는 걸왕이 풀이 죽은 모습으로 고개를 떨어트리고 있었다.

"확 디질라고."

장무위가 인상을 찌푸리며 휘적휘적 걸음을 옮겼다. 걸

왕이 욕하는 소리가 들려와서 며칠 동안 갈고닦은 전음을 활용했다.

물론 전음의 절반이 욕이고 나머지 절반이 협박이었지만, 그 활용도에 대해 만족감을 느끼고 있었다.

심지어 방에서 뒹굴다가 송화를 불러 간식을 시킨다든지, 청운이를 불러 심부름을 시킨다든지 하는 사소한 일에도 전음을 이용했다.

"그나저나 정도맹주라. 영 찜찜하네."

자신이 한 짓이 언젠가는 밝혀지리라 생각했지만 왠지 생각보다 더 빨리 알려진 것 같은 느낌이었다.

"뭐, 전마성에서 안 온 게 다행이지."

그나마 원한 관계가 있는 전마성에서 오지 않은 게 다행이었다.

*　*　*

"놓으라!"

"참으십시오!"

"내가 직접 가야겠다! 대체 싸락골에 무슨 마가 끼었기에 이런 개 같은 일이 벌어진단 말이냐!"

"참으셔야 합니다!"

위지무가 흥분해 날뛰고 있었고, 그런 그를 은월대주와 또 그 수하들이 일제히 달려들어 붙잡고 있었다.

"싸락골! 싸락골! 싸락골! 이게 뭔 개똥 같은 일이란 말이냐!"

"그, 그래도 안 되십니다. 당분간은 움직이지 말라는 성주님의 말씀도 있으셨잖습니까!"

"장무위란 인간 낯짝이라도 보아야겠다아아아!"

"안 됩니다!"

그동안 많은 인내를 해 왔던 위지무가 드디어 폭발하고야 말았던 것이다. 그런 그를 말리는 것은 은월대주와 그 수하들의 몫이었다.

정마대전이 본격적으로 일어나면 아마도 위지무가 싸락골을 제일 먼저 치러 갈 것이 분명했다.

* * *

이야기가 계속될수록 송도진인의 표정은 점점 굳어져만 갔다.

이리 둘러말하고 저리 둘러 말을 했지만, 결과적으로는 장무위를 건드리지 말라는 말이었다.

"그럼 설마 이번 일이……."

구체적으로 들은 건 아니지만, 이런저런 이야기를 듣다 보니 결과가 눈에 보였다.

"홀로 말입니까?"

"믿을 수 없겠지만, 사실이네. 자네만 알게나."

"끄응."

걸왕 역시 끙끙거리며 얼굴을 들지 못했다. 보고로는 그와 소요검선이 이번 혈사를 해결했다고 했지만 실질적으로 죽다 살아난 것뿐이니 말이다.

"허어……."

허탈한 음성을 내뱉는 송도진인에게 걸왕이 다시 한 번 말했다.

"절대 비밀이네."

"그가 그리 강하다니……. 아무리 봐도 서른 중반일진대 반로환동이라도 한 겁니까."

송도진인의 말에 그는 차마 대답을 하지 못했다.

'나이를 안 먹은 걸세.'

대신 소요검선이 간단하게만 말했다.

"나와 친우가 되기로 했다지만 이것조차 과분하다는 것을 알아야 하네. 강호는 힘이니 말이네."

소요검선의 말에 송도진인의 얼굴에 놀라움이 드러났다.

"설마…… 그럴 리가 있겠습니까. 아무리 이번에 온 이들이 극마 초입이라 하지만, 그가 상대했을 때에는 이미 지친 뒤였으니 그런 상황에서 순차적으로 무너트리는 것이라면 소요 선배도 충분히 하실 수 있다고 생각합니다."

"가능하네. 그런데 장무위 그 친구는 자신 없네."

소요검선의 말에 송도진인은 믿을 수 없다는 표정으로 다시 말했다.

"어찌 그런 작자에게 그런 무재를 내려 주셨는가……."

"쉿! 듣겠어! 조심해!"

"……."

걸왕의 당혹스런 표정을 보며 송도진인은 점점 혼란 속으로 걸어 들어가는 것을 느꼈다.

소요검선과 걸왕이 되돌아간 뒤, 홀로 정원을 거닐던 송도진인이 제갈장천을 불렀다.

"하명하실 일이라도……."

"무위장주와 만나야겠네."

"알겠습니다."

"독대를 신청해 주게나."

"무엇을 알고 싶은 것이옵니까."

제갈장천의 질문에 송도진인이 결심이 선 표정으로 대답했다.

"전부. 직접 확인하겠네."

"……하나."

"그리 알게."

"알겠습니다."

송도진인은 직접 부딪혀 보기로 결정했다.

장무위란 이를 말이다.

# 第十二章

# 정도맹주 위기일발!

송도진인의 강렬한 의지를 받드는 제갈장천 입장에서는 근심이 많을 수밖에 없었다.

어찌 되었든 송도진인이 그와 손을 섞어 보겠다는 의미인데, 아무리 비밀리에 진행한다 해도 그 여파가 적지 않을 것으로 예상했다.

물론 이기면 문제없다.

문제는 '이길 수 있을까?' 라는 부분이었다.

아무리 생각하고 고민해도 '어렵다.' 라는 게 그의 결론이었다. 송도진인도 그 부분까지 염두에 두고 있는 듯했다.

소요검선과 걸왕과 독대한 자리에서의 내용까지 알 수는

없었지만, 아마도 장무위에 대한 경고를 하였을 것이다.

그럼에도 송도진인은 고집을 꺾지 않았으니 제갈장천의 걱정이 태산일 수밖에…….

제갈장천이 찾아간 곳은 냉찜질방이었다.

그 안에 장무위와 걸왕 그리고 소요검선이 함께 자리하고 있었다.

"그 영감이 보냈나 봐?"

"예……."

장무위의 말에 제갈장천은 고개를 숙이며 대답했다. 다른 이 같았으면 무슨 망발이냐며 대꾸했겠지만 지금 상대는 장무위였다.

씨알도 안 먹히는 인간인 것이다.

"허허, 뭐라던가?"

소요검선이 너털웃음을 흘리며 묻자 제갈장천이 주변을 돌아보며 말했다.

"아무래도 이곳은 오가는 이가 많으니……."

제갈장천의 말이 채 끝나기도 전에 걸왕의 몸에서 기운이 뿜어져 나와 방 안을 채웠다.

"응? 이건 또 뭐야?"

장무위가 그것을 느끼고선 눈을 휘둥그렇게 떴다. 요즘 들어 장무위는 무공에 조금씩 흥미를 가지기 시작했다.

특히 전음은 배우길 잘했다고 생각했다.

심부름시키는 데 있어 정말로 좋은 방법 아닌가!

"기막을 쳤으니 밖으로 이야기가 나갈 일은 없을 거네. 맘껏 말하게나."

"오호? 기로 막을 쳐 놓으면 이 안에서 쑥덕거려도 문제없다는 거로군."

"뭐, 그런 거지 않소, 소요 선배?"

"저걸 그냥!"

장무위에게 직접 대답하는 상황을 피하는 걸왕의 오묘한 대화법에 장무위가 발끈했다. 하지만 소요검선이 너털웃음을 흘리며 무마했다.

"허허, 이야기나 들어 봄세."

"언제고 날 한번 잡아야지."

장무위의 중얼거림에 걸왕이 조용히 시선을 피했다.

"저, 그게…… 맹주님께서 장 어르신과 독대를 좀 하고 싶다고 하십니다."

"그런데 왜 뜸을 들여?"

"그런데 그게……."

별일도 아닌 것 가지고 뜸을 들였다는 듯 장무위가 퉁명스럽게 되물어오자 제갈장천이 난감한 표정을 지었다.

그러자 걸왕이 혀를 차며 말했다.

"똥인지 장인지 찍어 먹어 봐야 하는 놈들이 있다니까."

"아들아, 아비가 아들을 직접 묻는 패륜을 강요하지 말아라."

"그, 그냥 비유일 뿐이우."

"비유를 해도 거지같이 하긴."

장무위가 걸왕을 타박하는 것을 보며 한숨을 쉰 제갈장천이 고개를 끄덕이며 말했다.

"맞습니다. 맹주께서는 어르신과 손을 섞기를 원하십니다."

"예상은 했지만 이거 점점 귀찮아지는데……."

장무위가 인상을 찌푸렸다.

뭔가 생산적이지 않은 일에 엮여 가는 지금 상황이 영 마음에 들지 않은 것이다.

장무위가 뭔가를 고민하는 듯하자 제갈장천이 서둘러 덧붙였다.

"다른 의도는 없습니다. 그저 순수한 무인의 마음으로……."

"누굴 호구로 아나."

순간 장무위의 눈썹이 역팔자로 꺾여 올라갔다.

"그, 그게."

"난 호구 짓은 기루에서 하는 걸로 족하다고 생각하는

사람이다."

장무위의 말에 걸왕이 비죽였다.

"그래도 그건 아는가 보오."

하지만 장무위는 웬일로 성을 내지 않고 걸왕의 말을 받았다.

"당연하지. 호구 짓을 해서 대접받는 것도 다 재력이 있어야 하는 거다. 너 같은 걸뱅이는 호구 짓 하고 싶어도 못하는 거고 말이다."

"끙."

장무위가 딱하다는 듯하는 말에 걸왕은 별말을 하지 못하고 고개를 푹 숙였다.

그 말대로 호구 짓도 돈이 있어야 한다.

그런 면에서 장무위가 뜨면 기루들이 전부 그의 앞에 넙죽 엎어진다.

그야말로 제대로 돈 뿌리는 호구이기 때문이었다.

걸왕도 내심 그게 부럽긴 했다.

"어쨌든 느그 맹주가 나랑 떠 보고 싶다는 말을 했지. 아니지, 정확히는 간을 보자는 거겠다. 그치?"

장무위의 말에 제갈장천이 얼굴을 붉혔다.

딱 요점만 짚어 냈기 때문이었다.

"……비슷합니다."

무언가 변명을 하려 했지만, 해 봐야 안 먹힐 것을 아는데 억지로 하면 역효과만 날 것을 알기에 그냥 수긍했다.

"이거 이런 식으로 가면 앞으로도 계속 꼬리에 꼬리를 물 건데 말이야. 그 영감이 여기 신뇌처럼 내 속을 잘 알아줄지도 모르는 일이고……."

장무위의 고민이 길어졌다.

그렇게 짧다면 짧고 길다면 긴 침묵의 시간이 지난 뒤, 장무위가 제갈장천을 똑바로 바라보았다.

"왜, 왜 그러십니까."

장무위의 시선이 너무도 따가운 탓에 제갈장천이 말을 더듬었다. 그때 장무위의 얼굴이 환해졌다.

"좋은 방법이 있었네!"

"예?"

"좋아. 붙지, 뭐."

"예? 아, 예."

분명 원하는 답을 얻었지만 장무위의 표정이 너무도 걸렸다.

뭔가 꾸미는 표정이었다.

자연스레 불안했다.

그 이유는 곧 밝혀졌다. 장무위가 제갈장천의 어깨를 툭툭 두들겨 주며 말했다.

"너."

"예."

장무위가 부르자 제갈장천이 대답을 하면서 침을 꿀꺽 삼켰다. 이번엔 무슨 소리를 할지 도무지 감이 잡히지 않았기 때문이었다.

"정도맹주 시켜 줄까?"

"……억!"

순간 자신의 귀를 의심하던 제갈장천의 입에서 짧은 비명이 터져 나왔다.

"뭐, 그게 무슨!"

"허어……."

걸왕도 경악했고 소요검선도 눈을 동그랗게 뜨고 어이없다는 음성을 흘렸다. 장무위는 그들의 반응에는 아랑곳하지 않고 말을 이었다.

"사나이라면 야망이 있어야지. 어차피 위로는 그 영감 하나뿐이라며? 이참에 네가 그 동네 대장 먹어라. 내가 도와주지."

"그, 그게 지금 무슨 말씀이신지……."

얼굴이 벌게질 정도로 당황한 제갈장천이 되묻자 장무위가 눈을 가늘게 뜨며 웃었다.

"왜 이래? 선수끼리. 사람이 붙다 보면 칼이 배때기에

쑤셔 박힐 수도 있고, 모가지가 날아갈 수도 있는 거지, 안 그래?"

"커억!"

제갈장천의 입이 떡 벌어졌다.

마찬가지로 걸왕과 소요검선 역시 입을 떡 벌릴 수밖에 없었다.

"어차피 살날도 얼마 안 남아 보이는데 내가 알아서 따 줄 테니 네가 그 자리 딱 앉으면 되겠네. 그리고 지금처럼 너랑 나랑 사이좋게 지내고. 어때? 막 웅심이 가슴속에서 활짝 피어오르지?"

장무위의 말에 제갈장천은 속에서 울화가 피어오르는 것을 느꼈다.

"미쳤소! 정도맹주 목을 딴다니!"

"왜 이리 열을 내? 앙! 막말로 내가 그놈 모가지 따서 전 마성을 가져간다고 한 것도 아니고, 자연스럽게 세대교체를 해 준다는데."

"이, 이보게, 정말 그럴 셈인가?"

소요검선이 믿지 못하겠다는 듯 묻자 장무위가 그를 보며 고개를 끄덕였다.

"당연하지. 이게 제일 좋잖아? 나 편하고 여기 제갈이 맹주 되고. 누이 좋고 매부 좋고."

한 치의 거짓도 없는 진심이었다.

세 사람의 뇌리에 똑같은 생각이 동시에 떠올랐다.

'이 인간, 말려야 한다!'

제갈장천이 서둘러 말했다.

"그, 그러시면 안 됩니다. 오히려 정도맹이 들썩일 겁니다! 아니, 무당파가 움직일 겁니다."

"네가 맹주 돼서 알아서 막아야지. 내가 맹주 만들어 주는데 그 정돈해야 하지 않냐?"

"저 맹주 안 해도 됩니다! 아니, 안 할 겁니다!"

"아니면 저 둘 중 하나 시키고."

장무위가 소요검선과 걸왕을 턱짓으로 가리켰다.

"나, 난 생각 없네!"

"난 개방도 맡기 싫어서 사제에게 개방주도 넘긴 사람이오!"

"뭐야, 다! 내가 대신 손에 피 좀 묻혀 준다니까!"

"그걸 하지 말란 말이오!"

"참게나!"

걸왕과 소요검선은 나름 필사적이었다.

어떻게든 이 대형 사고를 막아야 했기 때문이었다.

막말로 여기서 확답을 받지 않으면 몰래 가서 멱을 따고도 남을 인간이 바로 장무위였다.

물론 송도진인 역시 화경의 고수이기에 그리 쉽게 당하지는 않겠지만, 저번 황금산 사건처럼 변장하고 손을 쓰면 어떻게 막겠는가.

아무리 힘이 좀 빠졌다지만, 극마의 고수 셋을 차례로 죽여 버린 장무위였다.

송도진인이 버틸 리가 없었다.

제갈장천이 재빨리 입을 열었다.

"만약 그런 일이 벌어지면 정도맹 전체에서 조사단이 이곳으로 파견될 것입니다! 무당파도 아마 전부 움직일 것이고요! 제가 어찌 막을 수 있는 일이 아니란 의미입니다!"

"까짓 싹 죽여 버……."

"게다가 맹주의 선출은 각 대문파의 수장들이 천거하는 형식입니다. 아직 연륜이 부족한 제가 될 리가 없다는 말입니다! 누군가 다른 사람이 맹주위에 오르면 분명 이 일을 밝히려 할 겁니다!"

"응?"

"그렇다고 맹주에 오르는 족족 다 죽이실 것은 아니잖습니까! 아니, 그럴 때까지 정도맹이 가만있겠습니까? 오히려 일을 더 크게 벌이는 게 될 겁니다!"

"어라? 일이 그리 커지나?"

제갈장천의 혼신의 힘을 다한 설득이 먹혀들어갔는지 장

무위가 고개를 까닥였다.

"마, 맞네. 일을 줄이는 게 아니라 걷잡을 수 없이 커지게 될 거네. 게다가 그리되면 정도맹이 흔들릴 것이고, 정도맹이 흔들리면 전마성에서 저번보다 더 큰일을 저지를 수 있는 여지를 주게 된다네. 여기서 죽어 나간 극마의 고수가 셋이네!"

소요검선까지 거들었다.

"맞소! 지금까지 놈들이 조용히 있는 이유가 바로 정도맹 때문인데 그야말로 최악의 상황이 오면 정도맹과 전마성이 손잡고 싸락골로 밀고 올 수 있다는 것을 생각해야 하오!"

"쩝. 어쩔 수 없나."

장무위는 아쉬운 표정으로 물러섰다.

"그, 그러면 아예 손을 섞지 않는 것으로 보고하겠습니다."

제갈장천은 차라리 자신이 욕을 먹고 말겠다는 생각을 했다. 장무위를 송도진인과 붙이는 것이야말로 극도로 위험한 짓이라는 것을 확인했기 때문이었다.

"아니, 붙지, 뭐. 하지만 안 죽이마."

"벼, 병신을 만드는 것도 안 됩니다."

"안 돼?"

"예!"

제갈장천은 미리 말해 두길 잘했다는 생각을 했다.

자칫하면 정도맹주가 병신이 될 뻔했으니 말이다.

"그럼 적당히 이 몸의 위대함만 느끼게 해 주마. 설마 나보고 그놈한테 처맞아 달라는 건 아니겠지?"

장무위의 눈이 가늘게 변했다. 이도 아니면 확 목을 따겠다는 분위기였다.

제갈장천은 어쩔 수 없이 고개를 끄덕였다.

*　　*　　*

정도맹주인 송도진인은 약간 불편한 마음이었다. 장무위와의 독대를 위해 나선 곳이 장원 내의 공간이 아니었기 때문이었다.

장원에서 조금 떨어진 곳의 공터였다.

한쪽은 나무로 둘러싸여 있었고, 다른 한 면은 작달막한 수직벽이 솟아 있는 곳이었다.

비교적 외부의 시선에서 자유로운 장소였다.

"무위장주는 아직 안 왔는가?"

송도진인의 질문에 제갈장천이 힘없이 대답했다.

"곧 올 겁니다."

"그런가. 그런데 자네, 나를 그리 못 믿는가."

"아, 아닙니다."

제갈장천은 마음이 복잡했다.

최근 큰 깨달음을 얻어 자신감이 높아져 있는 송도진인에게 어찌 믿고 못 믿고를 말할 수 있겠는가. 하지만 상대가 나빴다.

그러나 한편으로는 송도진인이 그리 무력하지는 않을 것이라는 생각도 조심스럽게 했다.

실제로 제갈장천 그도 장무위의 실력을 직접 본 적은 없지 않은가. 그렇다고 소요검선이나 걸왕의 말을 못 믿는다는 것은 아니었다.

단지 길고 짧은 것은 대 봐야 안다는 생각이 들었을 뿐이다.

장무위를 기다리던 중 사방을 둘러보던 송도진인의 시선이 절벽 쪽으로 이어졌다.

"으음."

절벽 한쪽에 굴이 뚫려 있었다. 어떤 굴인지는 알 수 없었다. 다만 한눈에 봐도 자연적으로 뚫린 것이 아님은 알 수 있었다.

제갈장천 역시 그 굴을 바라보며 말했다.

"누가 만들어 놓은 듯합니다."

"그렇구먼. 그런데 참 요상하게 생겼구먼. 둥그렇게 뚫은 것도 아니고……."

사실 굴이라기에는 그리 깊지도 않았다. 입구 크기도 사람 한 명이 서면 될 정도의 높이인 데다가 생긴 것도 조금 이상했다.

동그랗게 만들어 놓은 게 아니고, 사방으로 뭔가 길쭉하게 뚫려 있었다.

"꼭 사람처럼 생겼구먼."

"그러고 보니 그런 것도 같습니다. 왜 이런 걸 만들었을까요."

그때 뒤쪽에서 대답이 들려왔다.

"그건 만든 사람에게 물어봐라."

장무위가 도착한 것이다.

제갈장천과 송도진인이 뒤돌아서자, 그곳에는 장무위와 걸왕 그리고 소요검선이 함께 자리하고 있었다.

"오셨습니까. 그런데 만든 사람이라니……."

제갈장천이 의아한 표정으로 묻자 장무위가 턱짓을 했다. 그 방향에는 걸왕이 얼굴을 구기고 있었다.

"걸왕 선배도 오셨구려. 선배께서 저 동굴을 만들어 놓은 것이오?"

"뭐, 그, 그렇지."

송도진인의 질문에 걸왕이 대충 고개를 돌리며 대답을 흘렸다.

그가 만들기는 했다.

정확히는 그의 몸뚱이로.

물론 그 몸뚱이를 절벽으로 날려준 것은 장무위였고 말이다. 이곳은 걸왕에게도 추억이 담긴 곳이었다.

아픈 추억이…….

송도진인이 장무위를 돌아보며 말했다.

"그런데 선배들께는 죄송하오나 내 분명 무위장주와 독대를 하자 하였던 것으로 기억하오만."

그렇게 이야기를 하면서 제갈장천을 돌아보았다. 제갈장천 역시 둘이 따라올 줄은 몰랐는지 살짝 당황한 눈치였다.

그때 그를 구해 준 것은 장무위였다.

"독대도 하고 한판 붙기도 하자며?"

"……으음."

송도진인은 거침없는 그의 말투에 약간의 불쾌감을 가졌다.

아무리 그가 소요검선과 친우를 맺었다 하지만, 그것이 언제 어디서나 전 무림에 통용되는 것은 아니었다. 물론 사석에서는 그에 대한 배려가 있을 수도 있지만 일단 이 자리는 정도맹의 행사 중 하나이기도 했다.

"일단 붙고 나서 씨불여 보자는 거지."

장무위가 손을 꺾었다.

우둑 두둑 소리가 나는 것이 시정잡배와 같았다. 심지어 고개를 옆으로 홱 꺾으며 이빨 사이로 긴 침을 뱉어 내기도 했다.

"좋소이다. 그럼 선배들은 참관인이 되는 것이겠구려."

"뭐, 그렇지. 밖으로 알려져서 좋을 일은 아니니 말이네."

"허허……."

걸왕이 송도진인의 말에 대꾸했고 소요검선은 그저 너털웃음을 흘릴 뿐이었다.

물론 하고 싶은 말은 따로 있었다.

'정도맹주가 어디 가서 개 맞듯 맞았다는 소문은 안 나야 할 것 아니냐.'

'허허, 우린 자네를 살리기 위해 온 것뿐이라네.'

각자 하고 싶은 말을 속으로 삭이며 둘은 한쪽으로 물러나 자리했다. 제갈장천 역시 그들의 옆으로 갔다.

이제부터 일어나는 일들은 모두 그의 손을 떠난 일이었다.

송도진인은 자신의 맞은편에 서 있는 장무위를 바라보았

다.

껄렁껄렁하게 서 있는 그 자세만 해도 도무지 경지에 오른 고수로 보이지 않았다. 하지만 그는 결코 그의 외형만을 보고 방심하지 않았다.

그가 그저 그런 무인이었다면 소요검선과 걸왕이 한 수 접어줄 리가 없었기 때문이었다.

그를 상대하기가 버거울지도 모른다고 이미 마음먹었었기에 더욱 방심이란 존재하지 않았다. 그러나 버겁다 하더라도 진다는 생각은 하지 않았다.

모든 무공에는 상생이란 것이 있기 때문이다.

무당의 태극은 그가 강력하다 하더라도 충분히 감당할 수 있다고 믿었다.

"무기는 그것이오?"

"뭐, 그렇지."

장무위는 시종일관 삐딱하게 나왔다.

분명 어제 별채에 묵으면서 값을 치를 때까지는 굽실거렸던 그였다. 그랬던 이가 지금은 언제 그랬냐는 듯 서슴없이 반말을 내뱉고 있었다.

그들의 대화를 지켜보던 제갈장천이 약간 의아한 시선으로 중얼거렸다.

"저리 말씀을 막 하지는 않으셨는데……."

가격을 비싸게 후려치는 면은 있었지만, 돈 되는 고객에게라면 충실해지는 인간이 장무위였다. 그런데 그가 지금 돈 될 게 뻔한 정도맹주를 상대로 막말을 하고 있었다.

대답은 걸왕에게서 나왔다.

"선불로 다 냈느냐?"

"네? 아, 예."

"그래서 그래."

"……."

제갈장천은 할 말이 없었다.

이미 받을 것을 다 받은 인간의 자연스러운 행동일 뿐이라는 소리기 때문이었다.

송도진인은 그가 검을 뽑아 들고 둥근 쇠 방패를 집어 드는 모습을 보며 눈에 이채를 띠었다. 기괴한 기병을 다루는 이들은 종종 보았지만 검과 방패를 패용한 강호인은 처음 보았다.

그 꼴이 강호인이라기보다는 흡사 군병 같다는 느낌이 들 정도였다.

"그럼 시작한다."

장무위의 시작 선언에 송도진인이 자신의 애검을 고쳐

잡으며 대답했다.

"좋소이다. 삼 초의 예는 지키지…… 헛!"

고수가 하수에게 배려하는 삼 초의 선공은 필요 없다는 말이 끝나기도 전에 들이닥친 장무위를 보며 송도진인은 헛바람을 집어삼켰다.

콰콰쾅!

일격에 송도진인이 자리하던 곳의 땅거죽이 푹 파였다. 강기가 날아온 것도 아닌데 그 파괴력이 남달랐다.

장무위의 선공을 보던 걸왕이 혀를 찼다.

"선빵이 최고라는 인간에게 삼 초는 무슨 개똥 같은 삼 초. 양보해 달래도 안 해 줄 인간인데……."

언젠가 청운 등 청 자 배 제자 셋이 지도 대련을 부탁할 때, 삼 초 운운했다가 반대로 삼 초 만에 셋이 대자로 뻗는 꼴을 보았었다.

그렇게 셋을 작살낸 뒤 장무위가 하는 말을 걸왕은 들었다. 어떤 미친놈이 그런 손해 보는 짓을 하느냐고. 그리고 원래 선빵이 최고라고 말이다.

그러는 동안에 장무위를 향해 송도진인의 검이 태극을 그리며 휘몰아쳐 갔다. 무당의 자랑인 태극혜검이 그의 검 끝에서 펼쳐지기 시작한 것이다.

그러자 장무위가 오히려 나아가며 방패를 들어 올렸다.

땅! 따다다당!

쇳소리가 연달아 울려 나왔다.

누가 본다면 송도진인이 그의 방패를 연신 두드린다고 생각할지도 모르지만, 지켜보는 걸왕과 소요검선의 눈에는 달리 비쳤다.

"허, 저런 움직임이라니……."

소요검선의 입에서 탄성이 흘러나왔다.

송도진인의 거침없는 공세에 기대감을 가지며 지켜보던 제갈장천의 시선이 그에게로 돌아갔다.

자신이 보기에는 송도진인이 기세를 잡은 듯한데, 뭔가 틀렸는지 싶어서였다. 제갈장천이 보기에 장무위는 그저 방패를 들고 움찔거리는 것으로만 보였기 때문이다.

"그땐 경황이 없어 그냥 휘두르는 걸로만 봤는데 정말 방패를 저리 쓸 수 있구려."

"동감일세."

그들의 대화에 제갈장천은 다시 안력을 돋우어 둘의 대결을 바라보았다.

'방패가…….'

그저 몸을 방패 뒤에 숨겼다고만 생각했는데 아니었다. 수없이 떨어지는 칼날을 방패로 말 그대로 흘려내고 있었던 것이다.

장무위가 움찔거리는 것도 자세히 보니 방패의 각도를 바꾸는 것이었다.

"저게 지금……."

심지어 공격은 송도진인이 하고 있었지만, 밀리고 있는 쪽은 방어를 하고 있는 장무위가 아니라 바로 그였다.

'이런!'

송도진인은 더없이 놀라고 있었다.

방어를 하는 장무위가 아니라 공격을 하는 자신이 오히려 밀리고 있었기 때문이었다.

송도진인의 놀람은 잠깐이었다.

치켜 올려진 그의 검병에 짙은 기운이 몰려들었다.

"어디 이것도 막아 보시오!"

찰나의 순간이지만 그 짧은 시간 동안 검강을 끌어올린 것이었다.

검강이라면 방패 따위는 충분히 갈라 버리고도 남을 것이라는 판단에서였다.

콰콰콰!

난폭한 기운을 담은 검강이 장무위를 향해 쏘아져 나갔다. 순간적으로 뿌려 낸 덕에 장무위가 할 수 있는 일은 방패로 막는 것뿐이라고 판단했다.

콰앙! 콰콰쾅!

송도진인은 한 번에 그치지 않고 연달아 검강을 날려 보내었다. 그럴 때마다 천지를 진동하는 폭음이 울려 퍼졌다. 사위가 뿌옇게 변하고 돌 부스러기가 사방으로 날렸다.

그때였다.

"허억!"

순간 먼지구름을 뚫고 뭔가 둥근 것이 확 다가왔다. 그가 부수려 했던 방패였다.

송도진인은 보법을 밟으며 뒤로 물러섰다. 아니, 물러서려 했다.

콰직!

"크윽!"

발등에서 느껴지는 아픔에 송도진인이 시선을 내렸다. 자신의 발을 장무위가 밟아 버린 것이다.

"이, 이런!"

하지만 더 큰 아픔은 따로 있었다.

쩌억!

방패가 송도진인의 면상을 그대로 후려쳐 버린 것이었다.

"크어어!"

송도진인의 고개가 뒤로 젖혀졌다.

그러면서도 그는 의문을 감추지 못했다. 분명 그의 강기가 방패를 두들겼다.

아무리 기운을 둘렀다 해도 면적이 넓은 방패로는 그 강기를 감당하지 못해야 정상이었다.

그때 흐릿한 그의 시선으로 방패 위에 넓게 펴진 뿌연 기운이 들어왔다.

'가, 강기?'

"저, 저게 어떻게 버틸 수 있는 겁니까!"

제갈장천이 놀라 외쳤다. 분명 강기가 방패를 수차례 두들겼었다.

그럼에도 방패는 흠 하나 없어 보였다.

"허, 저걸 뭐라고 해야 하나……."

소요검선이 혀를 차자 걸왕이 퉁명스러운 어투로 말을 받았다.

"뭐겠소. 방패에 둘렀으니 방강이라 부르면 되겠지. 무지막지한 인간……."

"방패에 강기라니……."

검과 도에 비해 창에 강기를 두르는 것이 더 어려운 법이었다. 그 이유는 병기의 면적 때문이었다. 창은 검이나 도에 비해 내력이 전달되는 거리가 더 길어서 더 많은 내력이 필요하다.

마찬가지로 내력이 넘쳐나지 않는 한, 방패에 강기를 두르는 짓은 하지 않는다. 내력 손실이 너무 크기 때문이다.

그런데 장무위는 그런 짓을 하고 있었다. 그리고 그 내력을 두른 방패로…….

빠억! 빽! 데에엥!

"컥! 크허어! 커어억!"

송도진인을 두들기기 시작했다.

〈다음 권에 계속〉